U0023980

黑夜中仰望星星

楚寒

自序

楚寒

黑夜中仰望星星——這不僅是一個書名，它所表達的其實更是一種心境，這種心境最近幾年來在我的內心分外清晰，堅定，個中甘苦冷暖自知。

身處一個變幻而彎曲的時代，我在遠離故國的荒寂之地品嚐孤傷，有如在黑沉沉的夜空下踽踽獨行。然而我始終懷揣希望，就像一個長途跋涉的旅人，在茫茫夜色中行走在荒郊山野，腳下踩著泥濘和荊棘，卻仍不時抬頭仰望那滿天亮晶晶的星星。

在多少個長夜難眠的時分，我來到書桌前，或鋪開稿紙，揮毫落紙；或打開電腦，敲擊鍵盤。就這樣幾年來，我寫出了不少文字，我將之歸為兩大類：政論、雜文之類的評論性文章，重在邏輯理性，是為「硬」類；散文、隨筆、詩歌、短篇小說之類的文學性作品，則需柔美暢達，是為「軟」類。其中「軟」類文章的一部分我彙編在此，就成了這本小書。

寫「硬」類文章，源起我的法學訓練、法律文書的撰寫和法律職業的經歷。從少年時代立志要成為法律人以維護公平正義，遂投入法學專業的學習和研究，前後差不多有十多年，我循規蹈矩地走在這條道路上。歷盡艱辛，徜徉於法學的自學鑽研、學院的教育和法律職業的歷練，但自幼對文學的鐘愛從未曾放棄。

可讓我失望的是，法學的學術思維有著諸多匪夷所思的沉重「包袱」，法律人的職業則受制於現實的法治和人文環境，而常常會陷入對峙「無物之陣」的困境之中。這讓慣於遐思、性本孤傲的我感到十分的沮喪，而五年多的法律職業生涯更讓我嘗盡辛酸，閱遍不堪，甚至一度絕望，彷若在無邊的黑夜裏飽受風霜雨雪。

所幸我的生命中還有「軟」類的文章可寫。在人生的低谷和暗夜的年月，我從文字寫作中獲得了安慰，借以抒發心靈深處的掙扎，記錄底層受難者的悲慘遭遇，同時重新燃起內心希望的火種，讓夢想突破重圍，而後自由地翱翔。

如今從法學的領域脫身，在與文字相伴的日子裏，那段經歷仍不時如夢魘般重現我的腦海，那些困境負屈人群的影子也時常聯翩而至，多少次提筆的時候便潸淚不止。於是，許多的語詞用句，都是心有餘悸的產物。但與此同時，我也越來越驚喜地發覺，語言竟是如此地鮮活而又富有立體感，一如世間生命的脆弱與堅強，豐富與美麗。

收錄在這本小書裏的文章，它們在文體上也許有些錯雜，諸如散文、隨筆、書評、散文詩、人物紀念文，都一並匯入書中。這其中，我將之命名為：第一輯，在綿亙的歷史長河中追問；第二輯，埋下一粒希望的種子；第三輯，黑夜已深，白晝將近；第四輯，讓夢想自由翱翔。四個輯的文章匯聚在一起，其主題是歷歷可辨的，我經由這一篇篇文字來表達自己對生活的熱愛，對生命的尊重，對自由的向往，對底層的關注，對人類史上思想者的敬意。

這幾年來，我是如此快慰地時不時會回味兩段話，以至於，它們已成為我精神生活的一部分。其一，是十四世紀的意大利詩人但丁在其史詩作品〈神曲〉中所寫的：「從這裏我見到繁星空」；其二，是在德國柯尼斯堡市中心廣場的銅碑上，鐫刻著十八世紀的德國哲學家康德的那句墓誌銘：「有兩樣東西，我對它們的思考越是深沉和持久，它們在我內心喚起的驚奇和敬畏就會日新月異，不斷增長，這就是我頭上的星空和我心中的道德律。」在時光的河流中載沉載浮，這兩段話時常會給我以力量和勉勵。

前年五月，曾寫過一篇〈在五月的星空下凝望〉的文章，以紀念二十四年前發生的那場歷史性的民族悲劇。動筆過程中心頭念茲在茲的，仍是上述這兩位哲人的雋句。我知道，遙遠的星空在向我啟示著完美和永恆，引領我的心靈向上提升，也警示我不可消沉或是懈怠。我知道，在浩邈的星空底下，我寫出的每一篇文章每一個字句都是微不足道的，故此，我唯有心懷謙卑和感恩。

我也知道，那綴滿星星的浩瀚夜空，是因著無數雙仰望她的眼睛而存在的。而我，會永遠是那無數雙眼睛的其中之一。只因為，頭頂上的星空始終使我心存敬畏，並且，讓我在漫漫長夜裏期待黎明。

寫於二〇一三年五月十日

目次

第三輯　黑夜已深，白晝將近　171

第四輯　讓夢想自由翱翔　227

第一輯
在綿亙的歷史長河中追問

走過「世界末日」

「末日」重生

二〇一二年的十二月二十二日，是傳說中的美洲瑪雅文明「二〇一二世界末日預言」的翌日。

這一天，香港銅鑼灣街頭，一對青年情侶在購物商場區璀璨的聖誕燈飾前相擁接吻；莫斯科一個鄰近克里姆林宮的防核彈地下碉堡，幾百名俄羅斯人開香檳舉辦「告別末日」的通宵派對；上海陸家嘴中央綠地，一群衣著時尚的白領齊聚參與慶祝地球「重生」的聖誕活動；法國西南部的一個小村莊比加拉什——被視為末日中的避難所，大批早就蜂擁而至的遊客在戶外進行感恩禱告；在墨西哥、危地馬拉、巴西、薩爾瓦多等擁有瑪雅遺址的拉美國家，為了慶祝瑪雅古曆法系統一個周期的結束、迎接一個新周期新紀元的開始，人們燃放煙花，舉辦音樂會，觀看土著表演，氣氛熱烈，場面喜慶。

這些不同的國度、不同的民族的人們，在這個歲暮天寒的時刻，有著一種不約而同的目的和體驗：他們欣喜地目睹一個傳說的破滅、一份預言的落空，同時以熱切的眼神憧憬著未來。

平安夜

兩天後，是二〇一二年聖誕節的前夕，也即平安夜。

這是一個並不「平安」的平安夜。經歷了校園槍擊血洗慘劇的美國康涅狄格州紐敦鎮，在小鎮會堂附近豎立起了大型聖誕樹。樹上掛滿了一個個死難兒童的名字，順次走過對樹憑吊的家長們，眼眶裏蓄積了哀傷的淚；敘利亞西部哈馬省的一間麵包店遭到政府軍的空襲，逾百名正在排隊買麵包的民眾瞬間被炸得血肉橫飛，一具具血肉模糊的屍體倒在頹垣斷壁的瓦礫堆中。一個敘利亞小女孩當日在「臉書」上的留言，吸引了世人的目光：

「親愛的聖誕老人，願你給這裏無家可歸的孩子送上衣服和毛氈，願敘利亞再無戰火。」

也是在當天，江西貴溪市濱江鎮的一個村莊，一輛載有十多名幼兒園學生的超載校車行駛中側翻墜入水塘，事故中十一名四歲到六歲的兒童不幸遇難。小小的書包和衣物漂浮在冬日的水塘水面上；總部設在日內瓦的世界氣象組織發布了年度報告，指出二〇一二年全球各種極端天氣災害（乾旱、颶風、暴雨、洪水、龍捲風、沙塵暴、大範圍熱浪和寒潮等）層出不窮，這種愈發頻繁且嚴重的極端天氣現象很不尋常，呼籲各國應積極採取應對措施；梵蒂岡的聖彼得大教堂，現任教宗本篤十六世在噹噹的鐘聲敲響過後，主持了聖誕祈禱儀式。這位八十五歲高齡的宗教領袖在送上聖誕祝詞後，隨即滿是皺紋的臉龐神色凝重起來：

武裝血腥衝突、恐怖暴力活動、以及種族、宗教、政治之間的緊張局勢，都使全體人民蒙受聞所未聞的痛苦，其受害者特別是那些最脆弱的一群，諸如兒童、婦女和老年人。而世界上因為自然環境堪憂的不平衡而經常發生的天災，導致移民、難民和無家可歸的人日漸增多。

在這個本該普天同慶的日子，這些不同國度、不同身分的人們看到的，卻是一個動蕩不安、危機重重的世界。每個人的瞳孔裏都閃爍著一連串的憂慮：他們所生活、所目睹、所參與的這個世界，將會迎來一個什麼樣的明天呢？

紀錄片

聖誕節的一周前。在這所大學的學術觀摩電影廳裏，我感到一種痛入心脾的寒意。胡桃色的橢圓型會議桌面，被日光燈照亮了。房間裏師生和嘉賓們圍繞著會議桌層層安坐。時間一到，燈光熄滅，房門關上。我瞥了全場一眼，幾十個座位，幾乎都坐滿了。這是一個陰冷寒濕的冬夜，還好，室內比較暖和。

黑暗中，廣州學者、公共問題研究者艾曉明拍攝的紀錄片《開往家鄉的列車》，將要上演。影片開始了。銀幕上投影光束的位置出現了幾行字：有這樣一群人，他們在陌生的城市裏埋頭苦幹，我們的衣食住行離不開他們，他們得到過最熱情的謳歌，也承受著最真實的鄙夷。他們總因為所承受的痛苦而備受人關注，也因為身分與地位的卑微而被人遺忘。他們被稱為「農民工」。

紀錄片描述的，是二〇〇八年春節前夕廣州火車站的混亂狀況、廣東農民工的遭遇，以及當代中國農村的淒涼景象。當時中國南方的一場暴風雪，導致上百萬欲返鄉過年的外地農民工滯留在廣州火車站一帶，還發生了騷動、踩踏等突發事件。兩位年輕的農民工——十七歲的湖北籍女農民工李紅霞和三十一歲的湖南籍農民工李滿軍——分別因踩踏和從高架橋跳上列車觸電，而不幸遇難。

身背肩扛著攝錄器材的艾曉明，先後來到廣東的廣州、深圳、韶關、乳源，以及兩名遇難者的家鄉湖北監利、湖南岳陽農村進行實地採訪。她用攝像機記錄了廣東農民工的訴求和遭遇，採訪了遇難者哀痛欲絕的親人，走訪了他們貧窮且缺乏生機的家鄉。她冷靜的鏡頭，真實地展現了這兩位不幸的年輕農民竭力逃離的，是怎樣貧苦、窘迫而又毫無希望的生活。

沒有手機的響聲，也沒有人竊竊私語或是交頭接耳。一屋子人全都屏聲斂息地，看著一群農民工如何的在鏡頭面前哭訴，看著兩個來自農村的年輕生命如同被壓在大石塊底下的枯草一般，默默地在社會底層生長、掙扎、枯萎、壓傷，最後淒慘地死去。

當銀幕上出現李紅霞那再也回不去的家徒四壁的家，李紅霞的母親述說著女兒南下打工的辛酸經歷，李紅霞的墳塋靜靜地兀立在家鄉的麥田裏，我的眼淚，一次次地湧出。

坐在我身旁的，是在另一所大學任教的好友L教授夫婦。放映過程中，我偶爾用眼角看到他們夫婦倆：出身農村、自認為一輩子是個「莊稼人的後代」的L教授顯然十分動容，好幾次為之潸淚，不時取出紙巾擦拭淚水；L太太也是一臉愴然，始終在傾耳注目，眼中含著清淚。劇終後，燈光亮起，我發現，許多人的眼裏也含著點點淚花。

看完記錄片，從學術觀摩電影廳中走出，踏入月闌蒼茫的夜色裏，我發覺寒冷的冬夜更覺陰冷。遠遠的天邊有幾顆星星，像一滴滴感傷的淚。

行走在陽光下

十多年來，我看到香港人懷著愛恨交織的矛盾心態從殖民地時代進入回歸時代，誰料卻一年又一年地在現實面前由觀望，繼而失望，而沮喪，而無奈，一種莫可名狀的無力感隨之潛滋暗長，以至於心懷憂憤的傳媒人在報章以社論的形式為市民發聲：

用殖民地旗幟來表達不滿，有什麼問題？這種表達正是要說明市民心中的真切感受，就是今不如昔，這是當前極到位也極有需要的表達。因為這正是目前香港多數人的共同想法。回歸當然是事實，但對回歸後的不滿更是迫在眉睫的事實。

我看到走出蘇聯帝國陰影的俄羅斯人歡欣若狂，然後憧憬著「重振俄羅斯的昔日雄風」，卻在民主轉型多年以後迎來了新一代政治強人的權威管治。

地處中東的敘利亞人的處境則更為悲慘，他們是另一種發展模式——阿拉伯模式（即經濟上以石油收益施惠於民、政治上以民選為名行專制之實）——的承受者。敘利亞獨立後的唯一執政黨——阿拉伯復興社會黨提出的口號「團結，自由，社會主義」曾經迷惑了不少敘利亞人，到了互聯網時代卻成了一抹絢麗的泡沫，一點一點的破碎，消散。三十年來，兩千萬敘利亞人在復興黨人阿薩德父子的交替統治下噤若寒蟬，如今我看到，看到他們終於在「阿拉伯之春」的鼓舞下發出了聲聲怒吼，反抗的浪潮正如野火燎原般勢不可擋。

至於二戰後數十年來傲睨一世的美國人，在步入二十一世紀後一度變得有所謙抑，甚至他們的失落感也與日俱增。九一一恐怖襲擊事件重創了美國人的信心，金融海嘯讓本就疲軟的經濟情勢更加嚴峻，接二連三的槍擊事件讓他們心有餘悸。美國學者雅克・巴爾贊似乎很有先見之明，他早在二〇〇〇年出版的《從黎明到衰落》一書中就聲稱，「縱觀西方文化五百年來的全貌，西方文明正在進入衰落期。」

當年已九十二歲高齡的巴爾贊，在書中說了一句值得人們細細體味的話。西方文明的價值與缺陷在某些方面其實是一回事，他說，「反抗的自由」有可能變成徹底的虛無主義，從而導致文明的衰落。

那麼，中國人呢？

在二十世紀中葉不幸陷入極權主義泥淖的中國人，經歷了前三十年連綿不斷夢魘般的政治運動和浩劫、七〇年代末期的國策扭轉、八〇年代的改革新風，旋即在一九八九年六四天安門事件的衝擊下再度夢碎，神湛骨寒。飽經霜雪、始終走不出濁世陰霾的中國人啊，是否還會相信那些莊嚴的承諾、亮麗的口號和遙遠的現代烏托邦神話？

此後目睹了九〇年代的經濟改革重啟、經濟快速增長，二〇〇〇年代的國力崛起、太空科技及體育事業的亮眼業績，一部分陶醉於「崛起」和「盛世」幻象、掌握主流媒體話語權的中國知識人，遂有如當年的胡風那般引吭高歌「時間開始了」；而另一部分「不合時宜」的中國知識人卻對盛極一時的「中國模式」之說提出質疑，繼而發出沉重的一聲感嘆：「我們的路在哪裏？」

生於七〇年代中期的我，在一個以培養順民為歸旨的教育體制下長大。少年時代，當我接觸了與學校教科書裏思想截然不同的文字啟蒙後，漸漸地開始對那種「教育」和「體制」產生懷疑，甚至於，不再相信。

也因此，我越來越不願聽到那些宏大而充滿權威性的名詞：國家、民族、政黨、政府、主義、主權、集體，等等。因為我知道，為了滿足這些宏大而權威的抽象敘述，會造成多少暗夜的嘆息、心靈的傷痛、夢想的破滅、被壓制的個人意志，多少有血有肉會痛會哭的個體生命，就這樣被一堵堵無形的高牆壓在底下，無法動彈，無處訴苦。

身處當今這樣一個資訊無遠弗屆的時代，我慶幸，我看到，無論是享有不完全「反抗的自由」的香港人、俄羅斯人，還是不曾享有「反抗的自由」的敘利亞人、中國人，都在試圖掙脫開那堵無形的高牆，在長夜漫漫的晦暗裏，期盼著黎明。

那對在購物商場區門前相擁接吻的香港情侶，那群在地下室縱酒狂歡的俄羅斯人，那撥在鬧市區喜迎聖誕的上海白領，那些歡天喜地迎接新紀元到來的拉美人，那個在戰火中哭泣的敘利亞小女孩，還有那些在麵包店門口被炸死的敘利亞民眾，那些在校車事故中不幸遇難的江西兒童，哦，對了，還有那個讓我對其命運悲泣不已、雕逝於豆蔻年華的湖北籍女農民工李紅霞，所有這些膚色不同語言相異、但卻生活在同一片藍天下的人們，他們心底裏所想要的，難道不就是每天能夠平平安安地行走在陽光下，並且多一分自在、多一份從容嗎？

在春天聽到鳥兒的歌聲

將水仙盆栽挪移到靠窗處，換一次清水，在這個新年伊始的午後。窗外的雪，依然如一整個上午那般下得紛紛揚揚，輕輕地、柔柔地落在了樹的枝頭，覆蓋了整個大地，變成梨花與鱗甲，變成醒時的夢幻，和活著的傳奇。孩子們在雪地裏奔跑，跳躍，打滾，追逐，擲雪球，堆雪人，互相嬉鬧的笑聲隨著雪花飄到我的窗前，使我的二〇一三年的第一天增添了幾許歡快和喜慶。

這樣潔白的雪，這樣純真的孩子，無疑是屬於詩的，一首古典的抒情詩。白雪和孩子，與窗前的水仙花之間，有著某種相通的品質。那六片白色的花瓣托著黃色的怒放的花朵，散發出一種清淡幽雅的香氣。在這盆蓓蕾盛開、香氣襲人的水仙花面前，我彷若聽到了來自遙遠的微渺的聲音。

> 過去未工業化的年代，每年的春天都有著數以百計的鳥兒於天空翱翔，或於樹叢間鳴啼著悅耳的歌聲。然而現在因為大量使用ＤＤＴ等殺蟲劑，導致鳥兒不再飛翔、鳴唱。……，我們還能在春天時聽到鳥兒的歌聲嗎？

這是半個世紀前的一九六二年，美國海洋生物學家雷切爾・卡森在她的代表作《寂靜的春天》的開篇，發出的一聲憂嘆。

一九六二年的卡森時年五十五歲，患有乳腺癌，身居馬里蘭州的鄉村宅院，她的憂慮和哀嘆緣何而發？往後看，一九四二年，具有中等急性毒性的產品ＤＤＴ面市，主要用於植物保護和防控傳染病；一九五〇年代，科學家們研究發現，ＤＤＴ對於鳥類和魚類具有毒性；一九五八年，馬薩諸塞州的一位鳥類保護區管理員寫信給她，告訴她ＤＤＴ造成保護區內鳥類瀕臨滅絕，希望這位在當時科學界聲名赫奕的女學者能發揮自身影響力，敦促政府調查殺蟲劑的使用問題。卡森在書中所發的聲聲憂嘆，不少的生物學家、化學家、病理學家和昆蟲學家、以及鳥類保護區的管理員也曾發過，這是憂世悲憫的一聲聲嘆息。這種憂慮，其實早就潛藏在她那敏感多情的胸腔裏，一觸即發。

身患不治之症的女學者發出的警世之音，讓人無法不為之動容。她的筆觸，呈現了工業化對野生生物及人類生存環境的危害；她的書，成了環保事業在世界範圍內迅速發展的導火線。一個罹患的生命捧出了一個世界性的課題。

十年後，即一九七二年，一個定位為「關注未來並且致力社會改進」的全球智囊組織「羅馬俱樂部」，發表了一份由「十七人專家小組」完成的研究報告《增長的極限》，日後被稱為「人類對不合理經濟發展模式的首次反思」、「世界環保史上的一座里程碑」。報告的領銜人兼主筆，是三十歲的麻省理工學院管理學助理教授丹尼斯・米都斯，一個風華正茂卻又少年老成的青年學者。報告的最後結論讀來觸目驚心而又發人深省：

地球資源是有限的，因此無可避免地會有一個自然的極限。人類必須自覺反思不合理的增長模式，否則隨之而來的，將是地球和人類社會的毀滅性災難。

為此，年輕的管理學學者開出的藥方是：「需要使社會改變方向，向均衡的目標前進，而不是以往的增長。應當把全球均衡狀態作為了解全球性環發問題的綜合對策。」並且他忠告當世：「必須在當代人的範圍內解決這些問題，而不能延誤時機，將之傳給下一代。」

危言逆耳、憂深思遠的報告主筆米都斯一夕醒來，發現自己已成了眾矢之的。和他同時代的人沒聽過這樣的聲音，也不理解他的擔憂，於是群起而攻之。他的警誡，成了「不負責任的一派胡言」；他的論證，成了「以誇大其詞來嘩眾取寵」，抗議人士聲稱：「這種擔憂完全來自作者的臆想」。

不，這不是憑空的臆想。身居鄉村宅院的女學者和來自學院的青年學者，會在同一個時代先後發出相似的警告，絕不是心血來潮。他們的憂心忡忡折射出半個世紀以來世界的污損和沉淪。

環境污染，石油暴漲，能源危機，糧食短缺，資源枯竭，工業崩潰，經濟衰退，人口爆炸，天災頻繁，植被破壞，沙漠擴大，水土流失，生態惡化，全球變暖，氣候變化……一場又一場的生態危機不斷上演，一幅又一幅的駭人畫面不忍目睹。

光陰荏苒，我們來到了一個新世紀的開端，和已逝的卡森、健在的米都斯生活於同一片天空之下。這是一個高速發展日新月異的世界，科技的進步更是一日千里，可是當年卡森、米都斯所產生的憂慮依然盤旋在許多人——譬如年逾八旬的現任教宗本篤十六世——的心間。當年引發卡森、米都斯憂慮的全球性問題到如今甚至於更難解決、更加惡化，一代又一代人類就這樣在天空和大地之間徬徨四顧，空自嗟嘆。這，難道是早已註定的人類的宿命？

青春多情的香港情侶在街上熱烈接吻，朝氣蓬勃的上海白領在街上歡慶聖誕；那些喜樂的俄羅斯人、法國人、拉美人，那些悲傷的美國人、敘利亞人、中國人，在其他的場合以各種方式送舊迎新。當他們在某個時刻某個角落，為著天空不再蔚藍、大地不再碧綠，為著在春天聽不到鳥兒的歌聲而發出一聲嘆息時，這一聲歲末年初的嘆息是否早已種植在上個世紀的土壤裏？

窗外，雪依然在下，孩子們的歡聲笑語不斷。

等待戈多

「世界末日」一說在某些神話、宗教經典或某些民族的敘述中，其實並不那麼可怕。譬如在《舊約聖經》裏，「末世」被描繪成一幕進入永恆的神的國的圖景，也就是彌賽亞（受上帝指派拯救世人的救主）降臨世間拯救人類的時刻；又譬如猶太民族，數千年來流離失所、受盡逼迫和苦難的猶太人，他們無時無刻不在期盼著彌賽亞的降臨，或者說，「末日」的來臨，以便在所羅門後裔的帶領下恢復昔日的榮耀；他們說，屆時會是一片太平盛世，人類將再不會有流亡、饑餓、戰爭、疾病和痛苦。

當「末日來臨」，竟是「太平盛世」，是人類的「新生」。就像一粒麥子落在地裏死了，卻會在未來有許多新的子粒結出來，這難道不值得我們手捧著泥土，懷揣著一份希望默默感恩嗎？

站在新年的起點，我的心裏卻沒有送故迎新的喜悅。目睹一個動蕩、危殆、群黎受苦的世界在各種天災人禍的侵蝕下難以遏止地沉淪，我想起了那出在劇院裏上演了數十年經久不衰的荒誕派戲劇——等待戈多。

整整兩幕長的戲，劇中那兩個衣衫襤褸的流浪漢一直在鄉村小道的枯樹旁守候、徘徊，等待著那個象徵著未來生活的「希望」和「憧憬」的叫做戈多的家夥，期待戈多的出現能使他們倆得救，然而，戈多始終都沒有來。他倆就那樣無可奈何地等待，漫長而又毫無意義……

寫於二〇一二年十二月二十五日

至二〇一三年一月六日

百年憂思

一

一百年前的世界。

走過氣象萬千的十九世紀，時光來到二十世紀。這個新世紀呈現在世人面前的，會是怎樣的前景呢？二十世紀頭幾年的歐洲，在來自中國的政治流亡者康有為的眼睛裏，是這樣的一幅景況：

羅馬今為意新建國之都城，僅四十餘年。樓閣僅高三四層，皆新淨。道路以小石為磚鋪之，甚潔，無奈波裏之傾側。人民衣服亦稍潔，乞丐亦少……

自華忒（瓦特）之後，機器日新；汽船鐵路之交通，電、光、化、重之日出；於是器物宮室之精奇，禮樂歌舞之妙，蓋突出大地萬國數千年之所無，而駕而上之。……歐洲各國立法出自議院公眾之論；民訟皆有陪審辯護之人。人民皆預聞國政，有選舉議員之特權；國王皆隸於憲法，無以國土人民為私有。醫院、公園、聾盲啞校、博物館、藏書館都邑相望，公館壯麗，獄舍精潔，道路廣淨，為民之仁政備舉周悉。

可是二十世紀剛開始的巴黎，在法國人羅曼•羅蘭看來，卻並不那麼亮麗美好：

十月的霧又濃又觸鼻，有股說不出的巴黎味道，是近郊工廠裏的氣味和城中重濁的氣味混合起來的。……巴黎是一個市容不整的舊城；……如今看到巴黎殘破的市街，泥濘的路面，行人的擁擠，車馬的混亂，……總而言之，克利斯朵夫看見這個受著民主洗禮而始終沒有脫掉破爛衣衫的中世紀城市，不由得詫異不置。

豪華的表面，繁囂的喧鬧，底下都有死的影子。……巴黎是一個混亂的社會，被專制蠻橫的官僚政治統治著；劇場庸俗呆板，充滿舊的、形式主義的東西，精神賣淫的風氣似乎到處彌漫著。……他已經嚐夠巴黎社會的味道，……

讓我們將目光轉向東方，一個世紀之前的中國。光緒二十六年（一九〇〇年）的天津，在晚清小說家王浚卿的筆下，是如此描述的：

及至天津，已是滿目荒涼，遍地設立神壇，晝伏夜動，紫竹林一帶悉成焦土。津京車站，一夜數起拳匪拆毀之信，紅巾露刃之徒，充塞道路。……京師連日炮聲隆隆不絕。焚殺叫喊，以日繼夜。……我此時不能再在家中躲避，只得大著膽走出去一探，見那路上逃難的男男女女實在不少。忽有一隊兵勇走來，向難民搶劫牲口，洗剝衣服，那喊哭槍炮之聲，映關城內一帶火光，萬分淒慘……中原王氣從今盡，一望神京一惘然！

也可以通過歐洲人的眼光來看中國，譬如法國作家皮埃爾・綠蒂留下來的私人日記，裏頭記載了二十世紀初始的北京：

沒有一處院落，也沒有一道行廊趕得上這裏的閉塞和沉啞；多少世紀以來，這些庭院一直籠罩著中國皇帝那疑心重重、反覆無常、隨心所欲的脾性的陰影。那冷酷無情的楹聯於此可謂恰如其分：凡入此地者，都須捨棄一切期望。

北京完了，威嚴掃地，毫無秘密可言。……在這個廣袤無垠的帝國裏，有四五億顆與我們轉向相反的腦袋在思考著，盤算著，而我們從來都弄不明白他們究竟在想什麼……

身處歷史的江河之中，每一代人都被它浸潤，每一個人也都有著自己的時代觀。康有為看到的二十世紀初的歐洲強大而又修明，「近日歐洲之盛美，今且當捨己從人，折節而師之矣！」羅曼・羅蘭卻看出了此時的歐洲「痛苦在社會上觸目皆是，社會簡直是一所醫院」，因此呼籲「集中全部努力來造一個更公平更近人情的世界」。兩個人觀察社會的視角不同，得出的結論竟截然相反。可是二十世紀初的中國，無論是在本國人還是在外國人的眼裏，均是一個「衰老而黑暗的中國」。他們看到的，是一個散發著腐爛氣味、而且尾大不掉的王朝，一個臨終的帝國形象。那是一個危機四伏的時代。

雖說創作的是章回體小說，二十歲出頭的蘇州才子蘧園（歐陽巨源）卻在書中抒發了對時局的憂憤：「我中國二千餘年，四萬萬眾，其不講自由也，如山谷之閉塞，如河道之湮淤；所謂黃帝子孫的種種同胞，皆沉埋於黑暗世界之下。嗚呼！人心憒憒，世道昏昏！」

年輕的小說家對老大帝國的行專制壓自由深感痛切，他呼喊：「不自由毋寧死！此歐洲各國上中下三等社會人之口頭禪也。我中國安有如此之一日哉？我中國前途，其有望乎？」在對國事憂心忡忡、對民族落伍於時代心有不甘之外，同時也有著對未來中國前途的殷殷期望。他的追問讓人看見，在時代表面的靜水流深底下，其實有著未曾乾涸的激流暗湧。

二十世紀的波濤湧動在二十一世紀的江面上，追逐著萬古不息的浪花。在綿亙的歷史長河之中，所有的過去都是現在的源流。倘若康有為筆下的羅馬是我的源流，我的歷史感定然會完全變樣。曾經到過一座森林公園，看到筆直粗壯的千年紅杉樹拔地而起、枝繁葉茂，那樹幹直入蒼穹的氣勢，和枝葉散發出的勃勃生機均讓我十分著迷。

尤令我印象深刻的是，那些盤根錯節的樹根則有力地埋在泥土和地底裏，深深地根植。可是為什麼，我，還有我的同時代人，總是會有一種無根和荒蕪的感覺，時常在心頭彌漫？

二

一百多年前，現代民間報業在晚清中國破土而出，成為一批報人抨擊時弊的輿論陣地。那時候的報紙現已消失在故紙堆和歷史的煙塵裏，但其中雷霆精銳的文字在一百年之後依然時時觸動著我，譬如章士釗。

他說報人要追求公理，融入公民意識覺醒的歷史潮流。一九〇三年獲聘《蘇報》主筆後沒幾天，章氏就寫道：

> 不為國民，即為奴隸，而奴隸非生而為奴隸者也，蓋感受三千年奴隸之歷史，薰染數十載奴隸之風俗，只領無數輩奴隸之教育……演成根性。

那麼，奴隸是怎樣煉成的呢？一九一四年他這麼剖析：

專制者何？強人之同與己也。人莫不欲人之同於己，即莫不樂於專制。故專制者，獸欲也。遏此獸欲，使不得充其量，以為害於人群，必賴有他力以抗之。其在君主獨裁之國，抗之以變，則為革命。抗之以常，則為立憲。抗之以無可抗，則為諫諍。

孟德斯鳩曰：「且專制之國，其性質恆喜同而惡異。彼以為，異者，亂之媒也。」……彼雖指宗教言，然專制與喜同連，到處可通。

對專制體制逆時代潮流的洞見，對國人由中世紀臣民轉變為現代公民的呼籲，章士釗走在了同時代很多人的前面。

在二十世紀快接近尾聲的時候，二十世紀初章氏的政論文章還在令一個八十七歲的老人回味不已。梁漱溟於一九八〇年在家中對前來拜訪的美國漢學家艾愷說：

我很早、就是我年輕的時候很佩服的，是章士釗，他號叫章行嚴先生……，他有些個論政治制度的文章，……他寫文章討論這個問題，我非常有興趣。……他這些個文章我都愛讀，可是我不知道他是誰，只留個筆名。……看報紙、看文章看到這個，我就欣賞這個人，欣賞這個人的議論、文章。

「欣賞這個人的議論、文章」是在一九一〇年代初。當時的梁漱溟還是個十幾歲的小夥子，在北京一家中學念書，讀到三十歲出頭的政論家章士釗在〈論報律〉一文中的大聲呼喊：

一個共和國根本不應該有報律的存在。報律本身就是對人言論出版自由的侵害。他大聲疾呼：「民國當求真正之言論自由！」

這個中學生後來被蔡元培聘請到北京大學講授印度哲學，再後來擔任了中國民主政團同盟的機關刊物《光明報》的社長。抗戰期間，四十九歲那年的社長秉筆直書：

中國文化最大之偏失，就在個人永不被發現這一點上。一個人簡直沒有站在自己立場說話機會，多少感情要求被壓抑，被抹殺。

三十多年後的一次政協會議上，那是一九七五年。已是八十二歲高齡的梁氏舉起顫巍巍的手要求發言：

凡事在頭腦中要分個清楚明白，不宜模糊混淆，專政就不是憲政，憲政國家以憲法尊嚴至上，罪莫大於違憲，以法為治，是所謂法治。專政國家則相反，要在乎統治全國者之得人，亦即所謂人治。

梁漱溟在少年時欣賞章士釗的文章，乃是因為後者的言說觸摸到了時代的脈搏，鼓舞著一個熱血少年去思考中國問題。可是中年和老年時的梁漱溟還在像當年的章士釗一樣疾呼，難道不正說明了，盡管政局變動、時空轉變，可是梁漱溟身處的不同時代的中國依舊是奴隸的、專制的中國？當年激起章士釗言說的社會氛圍依然存在甚至惡化，當年章士釗所感受的痛苦依然縈繞在梁漱溟的心田，甚至於痛上加痛，苦而愈苦？

而我，剛好在梁漱溟於政協會議上發言呼籲法治的那一年出生。一百年前，十七歲的梁漱溟在北京讀中學，在學校裏學的是《盛世危言》、《原富》，老師在課堂上講的是「物競天擇、適者生存」、「中國今日之現象，非立憲實不足以救之」。二十世紀九〇年代初，十六歲的我在江蘇讀書，課本裏學的是《論人民民主專政（節選）》，老師在課堂上對我們講的是「國家是階級矛盾不可調和的產物」、「法律是統治階級意志的體現」、「人權是資產階級的口號」，可從來沒有人告訴過我，羅隆基在一九二九年的《新月》月刊上發表過〈論人權〉一文，裏面說：

我們目前要的人權是些什麼？已到了我們回答這問題的時候了。國家的功用，是保障全體國民的人權。國家的主權在全體國民。任何個人或團體未經國民直接或間接的許可，不得行使國家的威權。

法律是根據人權產生的。國家一切官吏是全民的雇用人員，他們應向全國，不應向任何私人或任何私人的團體負責。國家官吏的雇用應採國民、直接或間接的選舉法及採公開的競爭的考試方法。凡向全民負責的國家官吏，不經法定手續，任何個人及任何團體不得任意將其免職，更換，或懲罰。

也從來沒有人告訴過我，在一九五六年，有個叫張中曉的二十六歲的年輕人曾經寫道：

一切美好的東西必須體現在個人身上。一個美好的社會不是對於國家的尊重，而是來自個人的自由發展。在歷史上曾存在過無數顯赫的帝國，但它卻藏著無數的罪惡，它的人民為了皇帝的文治武功而犧牲生命，受盡苦難，這是對過去的歷史所必須注重的一個方面。

於是很多年後，我在自己的一篇文章裏，寫過這樣的兩段話：

全副武裝的國家機器正高效地隆隆開動，把那些不同的聲音當作惡意攪擾無情地碾過，將全國各地來到首都求助的同胞們阻隔在自由的陽光之外。以「平安」的名義，叫他們有理無處講，有冤無處伸。

然而，沒有公義的制度，沒有人性的權利，沒有人的自由，什麼樣的鐵腕政策都支撐不起一個文明的國家，一個平安的社會。這樣的文明最終會枯萎，如此營造的平安，其表象底下必定醞釀著社會動蕩的危機。

一百年後的我仍然像當年的章士釗那樣發出辛酸的抗議，難道不正說明了，盡管政局變動、時空轉變，可我身處的時代依舊是章士釗的、梁漱溟的中國，當年激起章士釗、梁漱溟言說的社會氛圍依然存在甚至惡化，當年章士釗、梁漱溟所感受的痛苦依然縈繞在我的心田，甚至於痛上加痛，苦而愈苦？不斷咀嚼前人的痛苦，一代代中國人就這樣長久地耗費在希望和絕望中曲折前行，走過的道路卻無處不是荊棘和路障。難道整個民族就這樣永遠地蹣跚在歷史的軌跡之外，註定了走不出鐵屋子的柵欄和陰影？

二〇〇八年是北京奧運年，也是二十世紀七〇年代末啟動的改革開放三十周年。北京學者劉軍寧寫了篇標題為〈變局，還是變天？中國問題的兩個層面〉的文章，其中有這樣的論述：

所謂的中國問題，是在近一百多年中國面對三千年未有之變局中所牽涉到的重大問題。這一變局，對中國意味著整個社會的立體的全面轉型。其中涉及到的兩個主要方面是形而上層面的價值轉型和形而下層面的制度轉型。雖然一百多年已經過去了，中國目前在兩個層面的轉型仍然面臨著重重的障礙。

深諳晚清憲政史的劉軍寧當然知道，在「蘇報案」後不久的一九〇三年七月，《江蘇》雜誌發表時評〈祝蘇報館之封禁〉，指出「思想、言論、出版，此三大自由為神聖不可侵犯之物」，還這樣宣告：

> 此後，吾但祝滿政府多封報館；則國民之自由心愈發達，吾中國前途愈光明。吾乃於《蘇報》館之事，饗宴以賀之，燃開花炮以祝之。

一百年前滿清王朝的報紙就早已指出思想言論等三大自由的神聖性，並且以樂觀心態預言今後「國民之自由心愈發達，吾中國前途愈光明」。劉軍寧動筆寫作時的心情，我想，一定是鬱悶的。

三

一百年前的晚清思想界出現了文化啟蒙思潮，為其後一九一〇年代的「五四」新文化運動做了個漂亮的歷史鋪墊。新文化運動掀起的波瀾此後一直在中國的大地上蕩漾，至今餘音繚繞。

二〇〇五年是五四運動八十六周年，北京有幾位曾擔任過高級別官員的退休老人的一紙共同宣言引起了海內外的矚目。這一年的五月四日，他們聯名發表題為〈發揚「五四」精神，把民主革命進行到底〉的宣言，主題是「把民主革命進行到底」，發出振聾發聵的呼籲：

> 民主革命在政治領域的首要任務是改革政治體制，肅清專制主義和奴隸主義，建立民主、法治、分權制衡、具有健全的監督機制的政治制度。……就要革除現行政治體制的專制極權因素，……。

這份大義凜然的宣言的發布者年齡可不小了，均已年屆耄耋之年。他們是八十八歲的李銳、七十七歲的杜光、八十七歲的李普、八十九歲的胡績偉和八十二歲的張定。在宣言結尾，老人們的陳詞尤令人動容：

在我們白發蒼蒼的垂暮之年，才遺憾無窮的發現，我們仍然面臨著反封建的民主革命任務。這使我們感到痛心，也感到沉重的責任，我們希望，一百多年來追求憲政中華的志士仁人的願望不致落空，……。

剛好整整一百年之前，也有幾位大清國重臣——直隸總督袁世凱、兩江總督周馥、湖廣總督張之洞等人，於一九〇五年七月聯名電奏朝廷。他們的請求是「實行立憲政體」，並奏請派遣官員出國考察其他國家的憲政狀況。

兩年後的一九〇七年，張之洞來到北京接受慈禧太后的召見。流傳下來的〈八月初七日張之洞入京奏對大略〉以生動的文字，記錄了這年八月慈禧與張之洞的晤談：

皇太后旨：「大遠的道路，叫你跑來了，我真是沒有辦法了。今天你軋我，明日我軋你，今天你出了個主意，明天他又是一個主意。把我鬧昏了。叫你來問一問。問好了好打定主意辦事。……出洋學生，排滿鬧得兇，如何了得？」

回：「只須速行立憲，此等風潮，自然平息。」

旨：「立憲事，我亦以為然。現在已派汪大楚、達壽、於式枚三人出洋考察。刻下正在準備，必要實行。」

回：「立憲實行，越速越妙。預備二字，實在誤國。派人出洋，臣決其毫無效驗。即如前年派五大臣出洋，不知考察何事？試問語言不通，匆匆一過，能考察其內容？臣實不敢相信。現在日日言準備，遙遙無期，臣恐革命黨為患尚小，現在日法協約，日俄協約，大局甚是可危。各國視中國能否實行立憲，以定政策。愚臣以為萬萬不可不速立憲者，此也。」

一年後的一九〇八年八月，迫於內外壓力的清廷終於頒布《欽定憲法大綱》，同時宣布「九年後實行立憲」。盡管這份憲法性文件激起朝野不滿，被梁啟超斥為「吐飾耳目，敷衍門面」，但在其宣示「庶政公諸輿論」之後，對民眾的思想確實造成不少衝擊。中國幾千年的思想文化專制有所鬆動。

歷史場景宛如一個喧騰的戲場。在二十世紀初的立憲運動中，各派力量不斷博弈融合，此消彼長，在時代的舞臺上盡態極妍。有致力於立憲運動的立憲派，譬如梁啟超、湯化龍；有掌握朝政實權的清廷維新派，譬如袁世凱、張之洞；有決意推翻帝制的革命派，譬如孫文、黃興；革命派中亦分出溫和憲政派的一支，譬如宋教仁。探索中國道路的動念讓各方人士盡情演出，古老帝國的前途命運變幻莫測。

孰料三年後，辛亥年秋長江中游的武昌軍營中不期打響的槍聲，碾碎了清廷「大清皇帝統治大清帝國，萬世一繫，永永尊戴」的迷夢。預備立憲失敗，清廷垮臺而走入歷史。

李銳等人與張之洞的作為雖說不可同日而語，但誰說他們為推動國家轉型、乃至歷史進步所付出的努力沒有幾分相似之處呢？

讓人感嘆的是，在二十一世紀初的中國時常發出清醒、激越、革新的聲音的，總是退出了權力舞臺的老人，我們的世紀沒有張之洞。在我內心，一直願意傾聽老人，乃因為他們閱世深徹，卻又害怕聽到他們的聲音，怕在那老驥嘶風的聲音面前，我的軟弱無地自容，我的時代顏面盡失。八、九十歲早該是個頤養天年的歲數，可是為什麼，白髮蒼蒼的老人們無法安心在家含飴弄孫，偏偏要對我們的時代感到「遺憾無窮」、「痛心」和「沉重的責任」？

一百多年前，當甲午海戰北洋水師全軍覆沒的軍情傳來後，陳寶箴徹夜未眠，痛哭自白「無以為國矣」。次年《馬關條約》簽訂的消息傳來，他再次為國家的危難失聲痛哭、進而屢次上疏，直言：「凡有可以稍裨國計民生者，分應殫竭愚忱，盡其力所能及，以救國民。」

晚年自號「四覺老人」的陳寶箴倘若知道在他身後一百年，依然還有比他當年更加年長的一群老人在為國事而痛心疾首，我想，他一定難以安息。

四

所以有識之士為促使中國轉向現代社會上書進言的傳統也已有一百年的歷史了。而對「中國的路向何處去」這一問題的追問，如果說一百年來從來就沒有停止過，你信嗎？

一九〇五年，一場關於中國前途路徑選擇的論戰在旅日的革命黨人和立憲派之間爆發，這是一場關於中國未來命運的論戰。雙方以各自的機關刊物《民報》和《新民叢報》為陣地，你論我駁，閃爍著觀點和思想的刀光劍影和濃濃的火藥味，嗆人的硝煙同時飄洋過海彌漫到了國內。當時編纂的《立憲論與革命論之激戰》一書留下了雙方論戰的歷史紀錄：

《新民叢報》：「種族革命者，民間以武力而顛覆異族的中央政府之謂也。其不免帶有『狹隘的復仇主義』色彩，非挑撥國民之感情不可。國民奔於極端之感情，則本心固有靈明，往往為所蒙蔽。」

《民報》：「滿洲去，則中國強。排滿只是仇一姓，不仇一族。」、「種族革命並非盡殺滿族數百萬之眾，而是「傾覆其政府，不使少數人扼我主權，為制於上之謂也。」

《新民叢報》：「政治革命者，革專制而成立憲之謂也。」、「無論為君主立憲，為共和立憲，皆謂之政治革命。苟不能得立憲，無論其朝廷及政府之基礎生若何變動，而或因仍君主專制，或變為共和專制，皆不得謂之政治革命。」

《民報》：「所謂惡劣之（滿人）政府，謂以惡劣之民族而篡據我政府，其為惡也根源於種性，無可剪除，無可增飾，不指一二端之弊政而雲然。」

《新民叢報》：「種族革命之後，暴民政治最易發生。」、「種族革命後之共和，恐怕乃非立憲，而是專制，即『共和專制』。此種政體終無術以持久——終必復於專制。」

《民報》：「疾專制，樂自由，為人類之天性」、「以一人擅神聖不犯之號，以一姓專國家統治之權，以勢以情，殆皆不順」。

結果呢？革命派大獲全勝。兩年後，《新民叢報》停刊。

這場論戰影響了一個世紀的中國歷史走向，二十世紀成了革命話語權主導中華大地的世紀。從此後，革命黨革大清帝國命，孫文二次革命革袁世凱命，國民黨革北洋軍閥命，共產黨革國民黨命，毛澤東革中外文化命，革命革命，烽鼓不息。但革命種子的一次次播撒，並未能結出立憲的果實，憲政，始終是二十世紀中國上空遠在天邊的一道彩虹，可望而不可即，中國人怎麼抓也抓不住。

民國建立了，革命黨人夙願已成，對這個亞洲鄰國欽羨的新生政體和國家的方向是不是還有所擔憂呢？有的。民國元年，沉浸在勝利喜悅中的革命陣營裏出現了另類的聲音，發聲的是宋教仁：

> 民國雖立，但民主、自由尚未實現。天賦人權，無可避也。今革命雖告成功，然亦只可指種族主義而言，而政治革命之目的尚未達到也。推翻專制政體，為政治革命著手之第一步，而尤要在建設共和政體。
>
> 吾為民國國民，凡歐美民國國民之自由之康樂，吾弗歆羨焉矣，吾既與齊肩矣。嘗熟審而不鄰於誇誕否？

一九三〇年，胡適發表了他一生中最重要的政論文章之一，題目叫做〈我們走哪條路〉。這是北伐成功後的第三年，在中國施行憲政的障礙已被武力掃除，並已完成國家統一，但是他對中國前方的道路仍在作發人深思的追問：

> 我們建立一個治安的、普遍繁榮的、文明的、現代的統一國家。我們的真正敵人是貧窮、是疾病、是愚昧、是貪污、是擾亂。這五大惡魔是我們革命的真正對象，而他們都不是用暴力的革命所能打倒的。革命往往多含一點自覺的努力，而歷史演進往往多是不知不

覺的自然變化。路只有兩條：一條是演進的路、一條是革命的路。……而我們要走哪一條路呢？

一九七三年，身處艱難處境中的顧準通過伏案寫作，表達對國家現狀前途的思考和憂慮。這是人民共和國建政後的第二十三年，中國正深陷造神運動的狂風惡浪之中，這一副大腦不可思議地堅守在他的思想孤舟上運作：

要克服異化而又反對僧院共產主義，斯巴達平等主義，這是非常非常高的理想，是一種只能在人類世世代代的鬥爭中無窮無盡的試驗與反覆中逐步接近的理想。馬克思的學生中未必有幾個人能夠懂得這一點。……要實現真正的民主，就必須採掘西方的民主資源，實行思想的多元化和政治的多元化。……不要奢求人民當家作主，而要考慮怎樣才能使人民對於作為經濟集中表現的政治的影響力量發展到最可能的程度。可是中國能夠實現真正的民主嗎？

步入二十一世紀的中國，還需要作如前人般的追問嗎？當經濟成長的耀眼數字、沿海城市的鮮亮外觀、舉國體制帶來的累累成果譬如航空、體育等等，讓世界為之驚異，讓國人感到快慰的時候，還有什麼需要爭取的嗎？有的。在經濟指數金光閃閃的同時，社會有著或被遮掩或已昭然的流膿創傷和痛苦呻吟，個人面對強勢的國家或者說體制顯得分外羸弱而又無助。價值的失落、體制的不公、社會的脫序依然困擾著飽經風霜的中國人。二〇〇八年四月，北京學者賀衛方在出席「紀念李慎之先生逝世五周年座談會」時發言，題目仍舊是〈我們的路在哪裏？〉，這是奧運開幕前夕鋪天蓋地的喜慶聲中難得的清醒之音：

我們的民族是不是永遠要通過這樣的災害才能讓我們知道我們走錯了路？我們現在的路在哪兒？李慎之先生晚年真的非常認真地探索，說全球化、現代化、民主化，這就是中國的出路，中國的前途。我們從哪條路上走？到彼岸，現在尋求一種道路，道路的途徑是什麼？

這不依舊是百年前的立憲派和革命黨人共同憂心探討的話題嗎？梁啟超一代人影響了胡適一代人，胡適一代人又影響了顧準一代人，顧準一個人又影響了賀衛方一代人，一代又一代的中國知識分子重複著前代人的探索和憂慮，進而發出幾乎完全相同的追問。而在這一百年當中，這片土地見證了舉世罕見的苦難，沒有一代中國人能夠安安穩穩地過幾天舒心的日子。百年中國歷史，簡直就是中國人承受苦難的接力賽，同時是中國思想界發出「天問」的接力賽——中國的出路在哪裏？

那麼，二十一世紀的中國將走向何方？是繼續走國家力量不斷膨脹的經濟現代化道路，還是轉向重視民間和公民社會、向著真正開放和文明的社會機制轉型？換句話說，是繼續高舉國家牌位、民族集體意識，還是轉向重視個人、公民意識和多元開放的價值目標？二〇〇九年，北京學者張博樹在一次訪談中對此作了回答：

中國的社會轉型和政治現代化付出了過於沉重的代價。歷史要求這一代人給出一個清晰說法。我們不能迴避這種擔當。……對當代中國社會發展深刻而不幸的影響，在二十世紀中國專制主義演變中的位置等，都是我們必須回答的。一個民族不能沒有自己理性的思維，尤其當它處於這樣一個重大的歷史轉折關頭。……

改革開放這三十年要放進過去了的百年看，這是中國在尋找現代化道路，完成自身轉型，從前現代的農業社會、前現代的專制社會，轉向一個現代民主社會。

張博樹的話難免不令人想起一百年前的一段史實：一九〇九年十月，江蘇咨議局議長張謇通電各省咨議局、組織國會請願同志會，隨後各省聯名致電軍機處咨議局，要求「速開國會、組織責任內閣、實行憲政」。電文裏如此請求：

值此歷史處在大轉折關頭，速開國會才是弭亂救亡之策，期以一年之內召開國會，俯順民情，則天下幸甚！

百年風雨走過，歷史彷彿和中國開了一場玩笑。二十一世紀都已快走完第一個十年了，中國如今又回到了一百年前的起點，重新來到了「重大的歷史轉折關頭」。百年前的夢想對於中國人來說，依然是一場幻夢。我承認自己有點心酸。

五

我知道，我的心酸在於我一直以為歷史的走向是進步的，以為人類文明總會不斷地往前推進。譬如康有為所看到的二十世紀初葉的歐洲，在經歷了十九世紀的百年輝煌之後，它代表了「進步」和文明：

歐洲大國，歲入數千萬萬；……於是器物宮室之精奇，禮樂歌舞之文妙，蓋突出大地萬國數千年之所無，……工藝之精美，政律之修明，此新世之文明乎，誠我國所未逮矣！」

尤其是德國的進步神速讓康氏由衷地贊嘆：

武備第一，政治第一，文學第一，醫術第一，電學第一，工藝第一，商務第一，宮室第一，道路第一，乃至音樂第一。飈舉驟進，絕塵而奔，天下萬國進化之驟且神，未有若德者也。……彼大進化，乃在數十年來耳。

二十世紀之初的歐洲人相信他們來到了盛世，一個高歌猛進、有著遠大前程的世紀。羅曼・羅蘭卻有點不識時務，他聲言此時的歐洲已經「日薄西山，氣息奄奄」，因而大聲呼籲：「世界要窒息了，必須打開窗子，讓新鮮空氣吹進來。」

歷史不幸被羅曼・羅蘭言中，同時給他帶來無窮無盡的內心痛苦。一九一四年一戰爆發，歐洲的上空被戰爭的陰霾籠罩，當德國劇作家、作家們為戰時的德國政府辯護時，羅曼・羅蘭發表《精神獨立宣言》表達自己的心痛：「我只聽到了狐群狗黨的喧囂。」並勸告德國知識分子：「我要求你們至少敢於提醒狂野的強權。」一九三六年訪蘇歸來後，他在《莫斯科日記》裏，將自己心頭的沉痛再次表露無遺：

這絕對是失控的專制制度，人類正義最神聖的法則，最基本的自由已無任何保障。我的內心在發出痛苦的呼號，我要反抗。

一九四四年十二月，在巴黎淪陷後長年被德軍嚴密監視的作家，死於二戰勝利前夕。一九九七年，以賽亞・伯林臨終前這麼談論二十世紀：

我一生最大的驚奇是我這麼平靜，這麼幸福地親歷了這麼多的恐怖。世界經歷了有史以來最糟糕的一個世紀：粗暴的非人性，人類毫無因由的野蠻破壞活動。

以賽亞・伯林的這句話，兩次世界大戰中的死難者感受得到，古拉格群島勞改營裏的勞改犯感受得到，奧斯威辛集中營裏的猶太人感受得到，文化大革命期間的牛鬼蛇神感受得到，紅色高棉金邊監獄裏的囚犯感受得到，盧旺達大屠殺刀槍下的冤魂感受得到。人類在物質科技達到有史以來最高峰的同時，也將人類的罪孽和殘暴推向歷史的巔峰，二十世紀是腥風血雨、傷心慘目的世紀。歷史的倒退，人性的墮落，文明的傾覆，讓每個在二十世紀生活過的人看得觸目驚心。

最讓人不解的，是德國。這個近代哲學的故鄉，古典音樂的發祥地，黑格爾所說的「世界完美的日耳曼人的時代」，日後竟成了兩次世界大戰的策源國，納粹法西斯主義的起源地。德國也曾經是二十世紀中國學習的對象，中國在二十世紀初進行的法典編纂運動，使得中華法律制度一度走上了德意志模式。而德國社會民主黨和俾斯麥國家干預經濟理論相混雜的「德國經驗」，更曾是一九三〇年代國民政府仿照的楷模。作為抹不去的歷史，我們無法否認的是，在中國的現代化歷程中，有著「以德為師」的不堪經歷。

納粹德國的泛德意志民族主義、反猶主義、反資本主義和納粹主義難道不是脫胎於德意志第二帝國和魏瑪共和國「進步神速」、信心十足的時代裏？希特勒於一九二五年出版《我的奮鬥》所鼓吹的論調，不正是「日耳曼人是上帝選定的主宰民族」嗎？而他的理想是「創建第三帝國和征服歐洲」、「為德國復興而奮鬥」，並宣稱：「新帝國必須再一次沿著古代條頓武士的道路進軍，用德國的劍為德國的犁取得土地，為德國人民取得每天的麵包，奪取新的生存空間。」

正是立足於這樣雄偉、「進步」的價值觀，才有了納粹黨和大德意志帝國的崛起，以及德國經濟奇蹟的出現：一九三〇年代，第三帝國的經濟措施使得德國經濟走出一戰後的泥潭，失業人口大幅下降，國民生產從一九三二年到一九三七年增長了百分之一百零二，國民收入也增加了一倍，德國普通工人享受到的福利令全歐洲羨慕。此外，德國包括高速公路在內的大型工程讓世界稱奇，德國也成為歐洲軍力最強大的國家。一九三六年柏林奧運會正是國社黨和第三帝國政府巨大政績的開花結果，展示了德國的「繁榮與昌盛」，也代表著德國國力和價值觀的雙重「進步」。

可是當盟軍兵臨城下的時候，當元首和情婦在總理府地下室雙雙自殺的時候，當紐倫堡審判將二十二名納粹戰犯送上被告席的時候，德國人才從一場美夢中驚醒過來——大德意志帝國之崛起意味著的，是不幸；日耳曼民族帶給人類的，是災難。歷史，在那些時刻讓人們看見，人類的文明有時脆弱得就像一根蘆葦，不堪一擊；歷史的走向有時會像偏離軌道的火車，駛向未知。

米蘭・昆德拉不是說過嗎：「對小說家來說，一個特定的歷史狀況是一個人類學的實驗室，在這個實驗室裏，他探索他的基本問題，人類的生存是什麼？」

將歷史說成是「一個人類學的實驗室」，不正說明了歷史走向的不確定性嗎？如果實驗目的正當，方法步驟操作得當，最終的結果符合預期並經得起檢驗，這一番辛苦努力還算值得。否則，我們只好帶著瞳仁中的疑問，來到暗室裏一動不動的顯微鏡底下，重新摸索，重頭再來。

六

一百多年前的中國在西風東漸的情勢下遭遇「數千年未有之大變局」，中西文化衝突由此萌生。所以諸如「中體西用」、「全盤西化」、「中西互補」的思想文化爭論，至今也有一百多年的歷史了吧。

二十一世紀初中國的爭論是「普世價值之爭」，以及莫衷一是的「中國模式」的討論。關於前者具體而言：民主、法治、自由、人權是否是普世價值觀，還是僅僅是西方價值觀？對此採取「拿來主義」，是否就脫離了所謂的中國國情？

四川學者蕭雪慧為此專門撰文，標題是〈多樣文化與普世價值〉，裏面闡述：

……《世界人權宣言》在聯合國大會正式通過，標誌著人權價值已經超越地域、文化和種族界限被普遍接受。與人權相適應的民主、法治、和平、正義、思想寬容等原則所內在具有的普遍價值也超越地域、文化、種族界限得到公認。

之所以如此，乃因這些價值原則不是某個民族、某些個人玄思默想的產物、不是思想創造的產物，更不是某個民族或個人的意識形態製造。如果說歐洲是它們的誕生地，那也只意味著它們首先在歐洲被發現和確認；而這些價值向世界各地的傳輸過程，則是對傳入地人們內在特性和需求的喚醒過程，或者是傳入地人們對存在於自己文化中與之相似或兼容的因素重新認識和發現的過程，……。

晚清被譽為「四川歷史上睜眼看世界第一人」的宋育仁，他在一百多年之前寫的《泰西各國采風記》，同為四川人的肖雪慧一定不會陌生。我卻是最近才讀，有種相見恨晚的感覺。

作為出使歐洲考察歸來的作品，宋育仁這本書裏有這麼幾個觀點：其一，西方美善之政，是值得學習的；其二，西方美善之政，是中國古已有之的；其三，因此，按照「禮失而求諸野」的古老說法，學習西方，變法圖強，正是復興在中國早已失落的名教傳統的捷徑；其四，立憲制度是專制制度的對立物，立憲制度不但能強國，而且能根絕專制制度的一切弊病。

結論就是，「引經術以圖治，興新法以利民。專求外域，以補其缺，精究西書，博採以通。欲救國，必當維新，欲維新，必當學西域。」原因呢？因為「且夫今日中國之大患，不在藝術不精，而在事理不明。」世界上有一些超越國界地域、文化宗教和時間年代的美善的價值理念，遵循這些價值理念，是國家自救和走向進步的必由之路。

宋育仁當然是藉復古之名行維新之志，但是他的觀點在當時可謂石破天驚——拿祖宗之法論述維新的合理性。只是他不會想到，他指出的路徑在一百年後的中國一點也沒有過時，仍然還具有現實意義，仍然是現今中國爭論不休的熱點話題。

宋育仁哀嘆的「且夫今日中國之大患，不在藝術不精，而在事理不明」，難道不也是我們二十一世紀的此刻中國的真實寫照嗎？一百年前內閣學士文海在一紙奏折中指出立憲「萬不可取」，原因乃是「中國與西洋各國風土人情各異，不能照搬法度」。而當代中國「事理不明」的聲音則變成：中國應該走有自己特色的「中國道路」，或者如近些年來冒出來的說法——「中國模式」。

這種所謂的「中國模式」，不就是標榜所謂「國家的利益高於一切」的「現代化」道路嗎？雖然「國家」美名其曰「愛國主義」，其實不過是改頭換面的「國家主義」而已，或者說是——中國式的「經濟國家主義」，至於這個國家中的每一個國民「個人」，則必須臣服於「國家」、讓位於「國家利益」。這又是一個困擾中國人一百年的問題了：國家與個人，孰輕孰重？

一百年前的一九〇七年，馬相伯在政聞社成立大會上以〈政黨之必要及其責任〉為題發表演說：

> 人類之樂有國家也，所以求常保神我之愉快也。……故欲完國家之責任，莫要於使國內之人各得其欲。……天下雖無絕對之良政治，而有絕對的惡政治……質而言之，則曰專制。專制政治，束縛人人之神我，使不得申，故有國家曾不如其無。

二〇〇八年，江蘇學者錢滿素在題為〈個人主義在現代思維中的意義〉的文章裏，這麼論述：

> 個人主義是對抗專制的最佳方式。個人從獨裁者那裏贏回的每一個權利都削弱了後者對權利的壟斷。每個個人的自我意識的發展都是對犯有自大狂的獨裁者的糾正。正因為如此，一切獨裁者都反對個人主義，……他獨霸權力的方式是先讓個人從屬於一個抽象的

國家，再讓國家從屬於他。在現代專制用來摧垮個人的各種概念中，最被濫用的也許就是「國家」和「人民」。

「國家」常是獨裁者行使權力的工具，所謂的「國家」通常指的只是政府。政府集中的權力越大，獨裁者手中的權力也就越大。「國家」越是神聖不可侵犯，獨裁者也就越是神聖不可侵犯，甚至可以要求公民個人為了他的利益作出一切犧牲。但何謂國家利益呢？有沒有超越每個公民利益之上的抽象的國家利益呢？如果那樣的話，國家就成了與每個公民無關的一種存在，那麼它又是什麼樣的國家呢？……從異化的角度看，國家權力實質上是個人權力逐漸異化給政府的一種政治權力。

說得好啊，錢滿素，還有一百年前的馬相伯。可是無論馬相伯和錢滿素再怎麼妙筆生花、舌吐蓮花，百年中國歷史發展至今，依然只見抽象空洞的「人民」，不見真實具體的「個人」。個人主義，終是沒能在中國這塊土壤裏生根，發芽，綻開生動活潑的新苗。

七

在中國這個「人類學的實驗室」裏，二十世紀的進程幾乎就是一部不斷進行錯誤實驗的歷史。令人扼腕的是，實驗的對象並非沒有生命的無機物，而是億萬有血有肉活生生的國民個人的生命、自由、財產和尊嚴。

實驗的失敗帶來的也不僅僅是浪費了幾根試管，而是百年中國社會的動蕩不安、民不堪命。可就在這片浸透了血淚的近千萬平方公里大地的土壤裏，竟意外地開出了兩朵奇葩。上海學者朱學勤說：

> 從某種意義上說上帝還是厚待中國人的，為了讓中國人清醒地看到文化是重要的，但不是決定性的，他在地球上特意安排了同一個文化版圖上截然不同的制度選擇的對比。比如，他安排過東西德的對比，他安排過南北韓的對比，安排過南北越的對比。而在中國，他唯恐人們看不清楚就特意安排三塊對比，同一個文化版圖上除了大陸，還安排了另外兩個制度模式的對比。

這「另外兩個制度模式」的其中一個模塊，是香港。過去的一個半世紀在東西方世界夾縫中成長的香港，走過的道路堪稱獨特而又充滿了戲劇性。十九世紀中葉開埠時的香港，還只是南中國邊陲一個地脊山多、人口稀少的小漁村，但其後獲得了發展先機，晚清曾長年居住香港的王韜在《香港略論》一書中這麼描述：

> 甫里逸民東遊粵海，荏苒三年，……前之所謂棄土者，今成雄鎮，蓋寸地寸金，其貴莫名，地球中當首推及之矣。……香港華人雖咸守英人約束，然仍沿華俗不變，不獨衣冠飲食已也。……必修己而後治民，必自強而後睦鄰。

看得出來，王韜對當時香港的建設、風俗、服裝飲食等均有所稱許，但他做夢也想不到，百年後的香港成為世所矚目的中國之「雄鎮」的，會是什麼？

二十世紀中葉神州風雲變色，中國的民間社會意外地在香港凝聚成了一股文化與社會的力量，成為制衡國共意識形態、保存中國文化的一隅自由地帶。其後香港發展出一九六〇年代的經濟開始強勁成長、一九七〇年代的「香港精神」、一九八〇年代的「職業人」精神，一九九〇年代創意產業的輝煌，以及香港人引以自豪的言論自由和新聞自由、法治和司法獨立、成熟的市場規則和社會福利、廉潔高效的文官系統。二十世紀末回歸後香港的本土意識和公民社會日益滋長，香港人因此呈現出百味雜陳的矛盾心態，到了回歸十周年的二〇〇七年，香港學者馬傑偉、馮應謙撰文對此做出分析：

> 回歸後的十年裏，香港人需要從複雜的媒介符號和頻繁的跨境經驗中，協調本土和國族身分。他們對國運日隆抱有期望，卻又對國內種種問題心存疑慮。……總括而言，從調查可

知，愈多香港人稱自己有一個混合的本土國族身分，他們嘗試把自己的本土文化身分聯繫到國族身分之上，在他們眼中，這是有多層意義的：對文化、經濟、歷史方面有認同感，在軍事、政治方面則不大相容。

與香港相比，第二個制度模塊——臺灣，其走過的道路之獨特和戲劇性較之香港不遑多讓。當一百多年前劉銘傳遠道而來出任臺灣首任巡撫的時候，他期許自己「以臺灣一隅之設施而成為全國之模範，以一島之建設基礎，增益國家之富強」，並留下《劉壯肅公奏議》一書，記錄了十九世紀晚葉的臺灣：

> 竊照臺灣孤峙海外，山谷阻深，素為盜賊逋逃淵藪，而彰嘉尤甚。法事粗定，臣即令臺鎮章高元駐防彰、嘉交界之處，鎮攝中權，外盜稍知斂跡。……
>
> 伏查臺灣民情梟悍，嘉義、彰化兩縣，伏莽尤多。歷年搶殺拒捕，未獲一人。土匪橫行，暗無天日……
>
> 查臺地煙瘴橫生，水土惡劣，兩年間病沒廳縣十餘員……再臺灣民情強悍，土豪把持，清丈升科，事事草創，較之內地，辦理尤難……。

劉銘傳也絕對料想不到，當年「水土惡劣」的臺灣，一百年之後會變成什麼樣子？而他期許臺灣成為中華民族之模範的，百年後又到底是什麼？

劉銘傳身後的臺灣走過五十年的日治殖民時代，見證了一九四〇年代國民政府的光復和「二・二八事件」，走過一九五〇年代開啟的長期戒嚴和地方自治，走過一九六〇年代的土地改革，走過一九七〇年代的十大建設和經濟起飛，走過一九八〇年代民主運動的蓬勃發展、解嚴和開放黨禁報禁，走過一九九〇年代的民主化落實和本土化運動，走過二〇〇〇年代的兩次政黨輪替。而什麼又是臺灣人引以為傲的呢？不用說，是中華史上首創的民主政治體制、豐富成熟的公民社會、文化中國傳統的傳承延續、多元開放的價值觀。二〇〇七年，臺灣學者陳芳明在〈臺灣歷史如何完成轉型？〉一文中，這樣描述臺灣的轉型歷程：

歷史的轉型是如此緩慢，從威權時代到民主開放，已經走過百年的時間，縱然歷史階段的轉化時何等遲緩，但整個社會之追求解放終於還是無法抵擋。從蔣介石到蔣經國時代，戒嚴體制畢竟已是告終；從蔣經國到李登輝時代，動員戡亂時期終究宣告結束；從李登輝到陳水扁時代，政黨輪替的民主機制也還是成功建立起來。每個歷史階段從未發生過革命或政變，因此權力繼承也從未發生斷裂。從臺灣戰後的政治史來看，這是一個相當可貴的傳統，也是很重要的文化資產。不需經過兵刃流血，就可使整個社會從威權體制轉化成為民主體制，這種現象放在第三世界的經驗來參照的話，是相當罕見的歷史演變。

在香港和臺灣這兩個實驗室，正因為它們地處邊緣，反而使自己拓展出獨特的發展歷程，綻放出異樣的炫目光芒，在百年後成為中國外圍的兩座燈塔。當然這兩座燈塔也有並不怎麼光明的一面，譬如香港特首立法會的雙普選遲遲得不到落實、政治透明度的不足、執政者與民眾對話渠道的欠缺、貧富懸殊等等；譬如臺灣民主體制的先天不足、共和精神仍未生根、族群分裂和社會對立、社會中間力量的欠缺等等。不可否認，它們這樣那樣的缺點肯定不少，但是它們的腳步的確，走在華人世界的前頭。

它們都是「亞細亞的孤兒」，卻在那被遺棄被孤立的艱難時代裏，燃燒過，發著光。過去它們的名字代表著「自由」，在多少中國人的心裏，默默地，向往著；現在它們的名字代表著「希望」，在多少中國人的眼裏，默默地，期待著。

期待什麼呢？期待它們繼續葆有自身的獨特性，不被強大有餘理性不足的經濟巨人所同化。更期待它們——這兩個民族近現代史上的「異類」——能夠在制度、文化乃至價值觀上，成為巨輪航程的坐標與指引，為中國的前途出路提供啟發、新思維和想像空間。尤其在近年來中港、兩岸之間提升往來的時代裏，能夠於潛移默化間引領中國走出制度的泥淖，帶來中國一個全新的未來。

朱學勤是對的，的確「上帝還是厚待中國人的」，安排給中國人另外兩個不同的制度模塊，哦不，兩座燈塔。這兩座燈塔雖然很小，身子瘦弱，但它們的光在暗夜裏可以投射得很遠，照得很亮。

我的內心，像朱學勤一樣感恩，然後默默地，期待著。

八

百年中國歷史的主題無疑是「走向現代化」，或者可直接說成是，在西方主導的現代世界裏，如何面向西方現代文化？二十世紀初的改革派面對「西方文明能否行之於中國」的詰難，顯得憤惋，卻又思路清晰。沈家本在一九〇五年所上的一份奏折即為例證：

海禁大開後之中國，萬難固守祖宗成法而不變。以一中國而與環球之國抗，優劣之勢，不言自明。取人之長，以補吾之短。彼法之善者，當取之，當取而不取，是之為愚。……近今泰西政事，純以法治，三權分立，互相維持。其學說之嬗衍，推明法理，專而能精，流風餘韻，東漸三島，何其盛也。……方今中國，屢經變故，百事艱難。有志之士，當討究治道之原，旁考各國制度，觀其會通，庶幾採擷精華，稍有補於當世。

崇尚西學、憂心國運的心志盡現於沈家本的筆端。但是，這位思維前瞻的刑部右侍郎並沒有回答，一種學說或制度從外邦輸入，是否能在中國取得顯著的成效？新制度、新文化與中國民俗長期進化而成的舊風俗之間，會否存在融合上的困難？如果有，是否需要、又如何進行一番「同化」的過程？此外，既然要「取人之長，採擷精華」，那麼到底什麼才是西學的「長處」、「精華」呢？

作為致力於在法律領域使中國轉入現代化的人物，也許不會想得那麼多。沈家本面對的是十九世紀末保守意識占據主流地位的社會氛圍，和二十世紀初守舊派「悖逆綱常、離經叛道」的圍攻，因此他呼籲國人趕快開窗敞門、呼吸新鮮空氣，已屬難能可貴。面對已經先一步踏上現代化道路的西方社會，中國的思想先行者們為提出師法西學、又能讓國人接受的主張真是絞盡了腦汁。

從十九世紀中期魏源的「師夷長技以制夷」開始，之後有張之洞的「中學為體、西學為用」，之後有鄭觀應的「西學不重，則奇才不出」，之後有郭嵩燾的「西方有道，中國無道」，之後有二十世紀初陳獨秀的「吾人倘以新輸入之歐化為是，則不得不以舊有之孔教為非」，之後有胡適的「全盤西化」到「充分世界化」……。每一項主張都在探求學習西方的方案：堅船利炮、聲光化電、物競天擇、議院立憲、思想文化……。與十九世紀下半葉和二十世紀初葉的中國人相比，二十一世紀初中國人的焦慮和憂憤一點也不亞於前人。二〇〇六年，湖北學者鄧曉芒在一次訪談時說：

我們的當務之急不是從傳統文化中拿出一些東西來應付現實的問題，而是怎樣抓住現實、實實在在地去學習西方文化的精華的問題。其實我們現在正在這樣做，只不過許多知識分子們不願承認罷了。當他們把問題的產生、危機的出現歸結為西方文化的進入時，卻不去想想為什麼西方文化一進入中國就出了問題。人們也看到西方的東西一引進來就變了質，就由好東西變成了壞東西，我們學不到西方的好東西，反而把中國的好東西丟掉了，但又不去想想為什麼西方的好東西往往變質？

你可以說我們沒有西方那些好東西得以運作的條件和機制，但究竟是什麼在妨礙我們獲得這些條件和機制？這不恰好說明我們在這方面要來一次更徹底的改變，證明了我們在思想上、靈魂上根本轉型的必要性？……現在我們所面臨的危機感和緊迫感同一百年前剛剛接觸西方文化時並沒有本質上的差別，無非是被逼迫著向西方學習，但是從層次上要更深入些，……

站在二十一世紀時空思考問題的學者的焦慮和憂憤，難道不更是因為一百年來的中國「屢經變故，百事艱難」？沈家本說「有志之士，當討究治道之原」，引發一百年後的知識分子「討究治道之原」動力的，難道不正是百年中國師法西學路途中一次次的跌倒嗎？不正是這一次次跌倒的教訓，讓鄧曉芒試圖「思考的層次上要更深入些」嗎？鄧曉芒感到「危機感和緊迫感」，難道不也是因為一百年來引進西學資源時過於強調「經世致用」，以致於帶有強烈的功利色彩和啟蒙性質？

其實，一百年前的王國維早已經「討究治道之原」了，只是他的聲音在當時顯得有點「不合時宜」。一九〇三年，他發表了〈哲學辨惑〉一文時就已談到：

余非謂西洋哲學之必勝於中國，然吾國古書大率繁散而無紀，殘缺而不完，雖有真理，不易尋繹，以視西洋哲學之系統燦然，步伐嚴整者，其形式上之孰優孰劣，故自不可掩也。……且欲通中國哲學，又非通西洋之哲學不易明也。……異日昌大吾國固有之哲學者，必在深通西洋哲學之人，無疑也。

這位學貫中西的純粹學者想做的，無非就是引進西方的純學術、純理論，以此來詮釋中國的文化命題，尤其是王國維所鐘愛的西方哲學和西方美學。這種借西方學術思想、方法來實現中國傳統學術思想創新的想法，放到今天來看，也一點沒有過時。可不可以這麼說，中國的現代化進程之所以進退維谷、步履維艱，乃是因為在取法西方文化的過程中，未能區分「精華」和「糟粕」，以及厚「此」薄「彼」，顯得有點無所適從，分不清輕重？

而「西方文化」這一概念又是如此的龐大複雜，那麼中國從西方汲取資源的，又該是什麼呢？從西方文化的源頭梳理，是古希臘的城邦民主精神和科學、法治精神，還是希伯來文化的基督神學精神、終極關懷價值？從地緣上來看，是歐陸模式的理性主義，還是英美式的經驗主義、分析哲學？從西方文化的源流回望，是古羅馬的法權意識、中世紀永恆法對世俗專制的反抗精神、文藝復興的人文精神、宗教改革時期的個人信仰原則，還是啟蒙主義以來的理性精神、反形而上學的後現代主義呢？

這是一道不容易答的選擇題，二十世紀中國人在答題後已經吃夠了苦頭。好了，對西方文化進行甄別、選取過濾進而有所取捨、為我所用之後，又該怎樣對待中國自己的傳統文化呢？會不會因此造成自己的傳統文化和精神價值的危機？一百年前，嚴復在遺囑中表達了他對中國文化傳承下來的信心：「須知中國不滅，舊法可損益，必不可叛。」

嚴復應該欣慰。在二十世紀裏，中國文化在西潮的衝擊和政治勢力的雨打風吹之下，仍然在小範圍內一路傳承了下來，不僅在於像嚴復這樣的人的信心，更與一代代中國人維護傳統的努力須臾不可分開：二十世紀初期，梁啟超、章太炎、馬一浮、陳寅恪等人在史學、經學領域維護傳統；後來梁漱溟、張君勱、錢穆、熊十力等人在思想文化領域，努力依靠傳統資源重建傳統文化，以及哲學體系；再後來唐君毅、牟宗三、徐復觀等人在哲學領域挖掘中國傳統中的資源，建立起吸納自由主義的新儒學體系，使得中國文化呈現出新氣象。

張灝將一八九五年到一九二五年從甲午到五四這三十年稱為中國近代史上的「轉型時代」，也就是，從傳統的儒家意識形態範式向現代性範式轉變的時代。那麼，百年後的中國呢？兩個世紀初葉中國知識分子的問題意識和基本命題恐怕均是：中國傳統文化如何轉型？如果說，二十世紀初的一代學人所思考的是：要不要批判、徹底否定中國傳統文化、要不要全盤西化？那麼二十一世紀的知識人所思考的就是：中國傳統文化如何進行創造性轉化——如何運用現代詮釋方法對傳統文化作出新的解釋？也就是說，如何從諸子百家以降的傳統思想中，提煉出符合現代倫理理念的價值？

不是嗎？任何一種文明，或者說文化，都並非靜止不動的一潭死水，而是流動變化的江河活水。她需要根據時代的變化不斷調適更新，需要汲取其他文明或文化的養分，以豐富提升自己，如此方能成為浩蕩流淌的江流。放眼全球，沒有「沒有傳統的現代化」，唯獨中國人在這個問題上爭論了整整一個世紀。如今，是不是該結束紛爭，踏踏實實地進行傳統文化思想的現代轉換工作了呢？

難度不小。但還是有人在做。從海外學者林毓生的「中國傳統的現代化轉化」、到香港學者霍韜晦的「提煉中國傳統文化注重成長生命的精華」，到海外學者余英時的「中國傳統價值系統的重建」……等等。他們的工作，承續了一九五八年四位海外學者張君勱、唐君毅、徐復觀、牟宗三聯名發表的《為中國文化敬告世界人士宣言》裏頭的精神，論證了以儒家為主的中華文明與民主、科學、平等、自由等西方現代社會價值，並不是互相矛盾、衝突的；相反，兩者是可以融和甚而互補的。

四學者之一的唐君毅痛心於中國傳統的失落，他的困惑是，沒有傳統文化的支撐，民主、憲政這些現代政治文明的重要內容，有可能在一個國家中扎下根來嗎？於是在一九七五年出版的《中華人文與當今世界》一書的自序中，他這麼哀嘆：「因當今世界之有四面八方狂風暴雨之衝擊，而將中國之人文風教破壞，才遲使我漫天蓋地、四面八方的談許多大問題，其實這不是我的初意，這只是不得已」、「我以後亦擬少寫此類之文章，仍回到比較更切實的學術工作」。

唐君毅對於「中國之人文風教破壞」的憂憤正是二十一世紀「中國人文世界危機」的先聲。一百年來尤其是近幾十年以來，中國的人文傳統在政治等強力因素的斫擊下遍體鱗傷，危機日現，當然傷害既來自外部也來自內部，但內部的原因更多更甚。時至今日，中國的傳統文化已經日趨單薄脆弱，甚至瀕臨崩潰的邊緣，我們的民族心理無所歸依，我們的民族正在自我迷失。而發展中的中國則像是高聳入雲的大廈，表面上巍峨矗立，但是地基不牢。那個地基，就是文化。

所以，來到二十一世紀初的今天，在思想文化領域仍然回蕩著一個沉鬱的「天問」：中國的傳統文化，在新的全球化的世紀裏還會有生命力嗎？如果有，它又將展現於何時何地、以何種形式？這種憂慮的發問不是沒有原因的，它基於歷史，也基於前人。一九二〇年代，王國維自沈後，陳寅恪在〈王觀堂先生挽詞並序〉中就曾感嘆道：「綱紀之說，無所憑依，不待外來學說之掊擊，而已消沉淪喪於不知覺之間。」在二十世紀生活了大半個世紀的陳寅恪看得最清楚：作踐辱罵中國文化最厲害的，不是外族，正是中國自己；使得中國文化「消沉淪喪」，導致中國文化今日之處境陷於巨大危機之中的，不是外國人，恰恰就是中國人自己。

身處這樣一個文化失落、文化危機的時代，二十一世紀的中國知識分子該如何在一片荒蕪的土壤裏著力墾殖、帶著困惑的瞳仁培植新的夢想？一個與二十世紀初沈家本、嚴復、王國維那個時代的中國人完全不同的夢想？

羅曼・羅蘭在《約翰・克里斯朵夫》最後一卷的序言裏，有這麼一段話：

我寫下了快要消滅的一代的悲劇。我毫無隱蔽的暴露了它的缺陷與德性，它的沉重的悲哀，它的混混沌沌的驕傲，它的英勇的努力，和為了重新締造一個世界、一種道德、一種美學、一種信仰、一個新的人類而感到的沮喪——這便是我們過去的歷史。你們這些生在今日的人，你們這些青年，現在要輪到你們了！踏在我們的身體上面向前罷。但願你們比我們更偉大，更幸福。

九

我推著單車行走在江岸河堤上，看那江水踏著浪花接連翻騰著，激起無數的水泡和漣漪，一波一波地往前方漾開。江裏籠起一層茫茫渺渺的霧氣，風吹過來，吹散那江霧，一時間像有連串的音符跳躂在水面上，汩汩有聲。不知從哪飛來的一群白鷗驀地從江面上飛起，輕盈地掠過水面，撲簌而去。

一叢金黃的野菊花開在三月的河堤上，幾隻色彩斑斕的蝴蝶在花叢中飄忽上下，惹眼而又張揚。河堤對面依稀可見一片淺綠色的小樹林，枝葉稀疏地搖擺著，透露出些許蔥蘢的春色。

人生代代無窮已，江月年年只相似。一百年前的月亮今晚還會升起，一百年前的江水已經流向不知何方，而我眼前的江水一直在洶湧著，洶湧著，奔向大海。

寫於二〇一〇年三月一日至三月二十七日

於加州州立大學沙加緬度分校圖書館

第二輯
埋下一粒希望的種子

晨光

他要憐恤貧寒和窮乏的人，拯救窮苦人的性命。他要救贖他們脫離欺壓和強暴；他們的血在他眼中看為寶貴。

——《舊約全書・詩篇》

那坐在黑暗裏的百姓，看見了大光；坐在死蔭之地的人，有光發現照著他們。

——《新約全書・馬太福音》

曦光

平等是什麼？在我上中學的時候，政治課本裏曾經告訴過我，馬克思主義認為，平等就要消除階級，消滅私有產權，是解放全人類的最高目標。其實在我看來，不必等到所謂共產主義圖景的蒞臨，自從人類學會群體生活、開始聚居和形成原始部落以來，平等就被個人或群體當作一項明確的目標，加以不斷地追求。只因為，人除了肉體、感官以外，還有精神、心靈之類的理智和意識層面，可以讓人感受到超越肉體和感官的東西。在精神層面，人因為超越了純粹的慾望和膚淺的情緒，而能夠使用各種靈魂的概念，從而擁有種種精神、心靈上的需求。平等，作為其中最重要的精神需求之一，古往今來讓無數生靈為之向往不已，甚至畢生渴求，由此引發的抗爭綿綿不絕於史書，常常不惜兵戎相見，蹈鋒飲血；即使沒有硝煙，卻也同樣驚心動魄。

它是一個需要，一個信念，一個憧憬，一個千萬代人類心頭無法痊愈的一道創痕。它挈領一代代人類的心靈穿越時空、直上雲天，而現實世界的藩籬也隨之悄然遠遁。及至時光來到十八世紀後期，一份振聾發聵的獨立宣言回蕩在北美大地的上空：「我們認為下面這些真理是不言而喻的：人人生而平等，造物主賦予他們若干不可剝奪的權利，其中包括生命權、自由權和追求幸福的權利。」而一百多年後的又一份歷史性文獻——《世界人權宣言》，對此闡述得更是簡明扼要：「人人生而自由，在尊嚴和權利上一律平等。」這兩份載入史冊的偉大文獻，浸透了獨立宣言起草人那句名言的精髓且世代傳頌：「寧要自由下的危險，也不要奴役下的安靜。」

可是在一個並非完美而是殘缺破損的世界上，一代又一代人類對於平等的傾訴、呼求，大多數時候像是落在茫茫曠野之中得不到回聲。為爭取平等所作的種種呼喊、抗爭，常常無力抵抗既定秩序的洪流，在一堵堵堅如磐石的高牆面前敗下陣來，拱手而降。這幾乎是人類蔓草難除的宿命，縱有不甘卻也無奈。各種形諸文字的制度、或是無形的規則，總是顯得趾高氣揚，咄咄逼人，精神的價值（真理、美、正義等）卻相形見拙且被顛倒過來了，良善遭到鄙薄，罪孽變得高貴，特權成為理所當然，平等只是海市蜃樓，公義和公平卻棄若敝屣。於是，從古到今淒清的荒涼之地便擠滿了各色各樣的漂流者，他們的尊嚴無處安放，精神背負枷鎖，心靈遭遇鞭傷，承受著被奴役、壓服、苦待、歧視的命運，而淪為奴隸、賤民、卑庶、弱者、底層人、黑五類、牛鬼蛇神、不可接觸者。他們指望光亮，卻盡看到黑暗；他們指望光明，卻總行在幽暗之谷。

在裂為深淵的大地之上，畢竟有一方耀燦的精神星空，在人類荒蕪的苦難深淵種下一脈希望，讓人在罪惡和黑暗面前不至於陷入絕望，而能在歷史和現實的漫漫暗夜之中看到曦光。又如一陣陣高亢的戰歌傳過曠野，傳遍荒涼之地和幽暗之谷，傳入我多少個支離破碎的夢境，在我夜半難眠的時分，不時鳴響。我知道，那是瀝血披肝的艱辛，知難而進的決絕，血淚盈襟的悲憫和關愛。那是一道道晨光，它照徹的不是朱門，而是底層。

聖雄

一個曾孕育了整個南亞文明、綿延千秋的文明古國卻史料匱乏、史帙難覓，以至於當後世回望歷史時，只能借助於神話、傳說和民間故事；一個以其精致輝煌讓考古界嘆為觀止、在遠古時代曾出現的高度城市文明，竟轉瞬間銷聲匿跡、渺無影蹤，成為永不可解的千古疑謎；一片佛陀與幻夢交織的土地，一個以反對殺生、持倡隱忍的文化著稱於世的國度，竟兵燹不斷、烽鼓不息、和平之音杳無。這是我對喜馬拉雅山脈南麓一個鄰邦的雜感。

神秘的國度，東方文化的玄奧，我更想提到這個民族的痼疾：種姓制度；依然讓人費解甚至壓抑，它以神的名義構建，與東方神秘主義的典籍有關，原意是純潔，卻將國中萬民劃為四大階序，以婆羅門為核心，處於最低等的叫首陀羅，世襲，僵化，這一切不可變更，界限森嚴如天地；漸漸地「種姓」一詞聲名遠揚，常被外族用來指代低賤的階級，以與高階級的主人們相區隔，語意間流露出的不平等則到了令人心酸的地步。

最愚暗的還不止於此。另有一個階層被排除在四大種姓之外，低賤更甚於首陀羅，名曰賤民，也叫「不可接觸者」，絕對嚴格禁止與其他種姓接觸，違犯者按律將要被虐待，甚至殺戮。他們只允許做被認為是非常卑賤的行業，譬如與死亡、排泄物、血污有關的工作。他們被所有的人踩在腳下，一生屈辱地漂浮在塵土之中，驚恐的眼神常年黯淡。他們的後裔也皆為賤民，世世代代宿命地棲居在南亞次大陸上。這是一個大河文明帶給世界的一件不幸禮物，一聲咒語，一個留傳了三千年的積敝。

摧毀賤民制度的第一聲吶喊，是經由一個耄年囚犯的喉嚨發出的。一個律師，一個素食主義者，一個非暴力不合作思想的首倡者，因為一場民族獨立運動在這片土地上不息奔走，他裹著一條白色的長纏腰布，搭著一塊土布披巾，那是他自己用紡紗工具織出來的，如今穿戴在他的身上。太陽熾烈，空氣如蒸，他徒步走在燙熱灼灼的路上，路面撒滿了花瓣；他柱著手杖，攜帶著小手紡車，日行十公里，途中瞻望膜拜的人潮不時湧進，跟隨。長途跋涉中他不斷地演講、募捐、紡紗、祈禱、撰文、寫日記，凡他走過的地方，種下卑微的希望。

他想到自己年已六十二歲，他命定的道路還沒有走完，他還要出發。一雙歷久彌堅的腳步，奔波中撫慰這片土地的暴戾，清臒的臉龐，微駝的背，瘦骨嶙峋的身軀，甚至鼻樑上的那副圓框眼鏡，日光下飽受來自八方的風暴。他向著大海進軍，心如波濤，為人禮敬，但最終因「叛亂罪」陷身囹圄，成為囚犯。這是二十世紀的三〇年代初葉，時代正陷入沉淪境地，狂躁，傾亂，動蕩不安，處於暴風驟雨的前夜。他早就感到恥辱，恥於這片土地的現有秩序，他的信仰使他無法容忍這地上的污穢，於是他迎向警棍和槍彈，比迎向鮮花和掌聲還要坦然，還要輕鬆。他註定了要介入賤民制度，註定了要為之餐風露宿，承受苦難。

一個暴雨如注的午後，一名記者來到監獄裏採訪他。他緩緩說道：

我雖不是「賤民」出身，卻一向自認為是一個「賤民」，我努力使自己有資格代表他們。我不是要代表他們中的前十名，使他們感到「賤民」中還有階級。我是要代表那些最低層的、看不到的、不可接觸的、時常縈繞在我心頭的可憐大眾。我想要提高他們，不在於給他們在議會中保留席位，主要在努力推行革新印度教的工作。現在準備實行的保障名額分別選舉制，阻礙印度教的革新，是我最反對的……作為一個自願的「賤民」，我將決不滿

> 意「賤民」與非「賤民」的整批交易。我所要的、賴以生存的、誓死爭取的乃是根本鏟除「賤民」的階級。

這囚室裏發出的聲音，徐緩、低沉卻又堅定有力，在曠闊的大地上回蕩。這聲音將要被時代接納，作出回應，並且要載入歷史，讓後代人在詩篇裏長久地傳頌它。它傳遞出的訊息是：賤民制度不過是可怕的宗教偏見和陳規陋習，我認為如果繼續維持這一制度，實乃罪惡，除非賤民制度消亡，國家不可能獲得自由；我們決不能坐待做錯事的人自知罪過來改正其錯誤，我們也不可為了怕自己或旁人受苦而繼續參與錯誤的事，我們一定要直接或間接地不再協助惡勢力，並與之周旋對抗。

抗爭者的非凡之處，在於他依靠的不是萬千擁眾、聲名烜赫，或是才貫二酉、踔絕之能，而是他寧願降尊臨卑，情願站立得最低，唯如此，我才能代言那些「世上卑賤的、被人厭惡的、以及那無有的」，並且「叫卑賤的升高」；而是他意識到抗爭的手段，在於苦難，我必須用最大的受苦，來對抗不公義的制度，因為——「不經苦難，不能得到自由」。

一場名為「哈里真」的社會運動就這樣開始了。哈里真，意思是「神之子民」，這是他對賤民的稱呼，一個雋潔、讓人如坐春風的梵語，它勝過一首優美的詩。他專以此為名創辦了一份報紙，名曰《哈里真報》（週報），作為廢除賤民制運動的輿論陣地，讓他熾熱的理想源源不斷地化為鉛字，散播到這國中的陰暗角落，和困厄人群的心頭。

這時他聽從了神的召喚，也是他內心的信念：堅持真理，這召喚伴隨了他整整的一生，此刻導引他步入宿命。這年邁的長者，為民請命的罪囚，熱愛真理、賤民和非暴力思想的行動者，已然被無窮無盡的悲哀和疼痛填滿胸腔，在陰黯的囚室裏做出決定：無—限—期—絕—食。

這消息有如平地風雷，在天空轟鳴，讓這城這國為之憂心忡忡。這位被尊稱為聖雄的老人，長期的奔波和數度的坐牢已使他的健康大不如從前，如何能經得起這番自苦？但是他心意貞定，捨命不渝，絕食後不久他的體力出現衰竭，心律紊亂，腎功能減弱，血壓急劇上升，體重下降，一度只能靠特制的鎮靜劑維持生命。他虛弱的軀體已經感到暈眩，將要倒下，像是被釘在十字架上受難的基督。

「為國家的團結，社會的正義，即使犧牲寶貴的生命，也是值得的，我們憂傷的心，帶著我們的敬愛與你崇高的自苦同在。」那位被稱為詩聖的老友泰戈爾來信致意，滿懷敬意地寫下了上述詩句。「一位瘦弱老人竟以神奇力量震撼了整個世界，賦予世界新的希望；它所顯示的力量，可以勝過原子彈的威力。」，後來的《倫敦新聞紀事報》記錄了這歷史性的一幕。讓我再增補一下後續的結果：這年九月，當局不得不做出讓步，將留給「賤民」階級的席位增加一倍，全國宗教領袖達成了一項協議，取消宗教派別中所謂的「賤民」階級。任何過去被視為「賤民」階級的人，今後均享有和普通教徒一般的平等權利，包括使用公用水井，公共學校、公路及準許其入廟朝拜等。十七年之後，世界上最長的一部成文憲法發布，其中明文規定：「不分種姓，人人平等」，並宣布廢除種姓制度和賤民制度。

去年初春的一個午後，我來到舊金山的輪渡大樓停車場旁。那天我走了很遠的路，只為前來瞻見久慕於心的一尊塑像。晴空霽日之下，這夢中萬般熟悉的輪廓佇立在城市的一隅，他的左手微微上擺，右手拄著手杖，身上裹著我所熟悉的纏腰布和土布披巾，雙眼俯視著腳下的一摶泥土，依然在以悲憫的目光打量著這個苦難的世界。

我久久地站立在旁，心中翻騰著任誰也無法平息的激流。我知道，此刻內心的激越和感動，足夠我回味一生。

羅本島

羅本島，一座荒寂的島嶼，棲遁於南非的西南部、非洲大陸的南端，在浩渺無垠的海面上顯得孤單而又失落。這座深嵌在海中的島，曾經以海豹、企鵝和貝殼名聞遐邇，卻有難更僕數的受難生靈在此被擄，被囚，甚至殞命天外。它曾是南大西洋物殷俗阜的一方僻地，海鳥飛鳴，羚羊騰躍，灌木叢蔓生，樹影花光遠連接，近數百年來卻淪為西非奴隸、英國流放犯人、痲風病人、精神病患者、黑人政治犯的放逐地和囚牢。

而羅本島身上最大的污點，是它儼然已成為南非一段黑暗歷史的象徵——種族隔離時期。這個不祥的名詞，像是烙印般燙戳在它那飽經滄桑的額顱上，任海風習習，浪濤汩汩，怎麼也吹拂不去。

種族隔離，一個聲名狼藉的字眼，像烏壓壓的黑雲般，累月經年地籠罩在這個有著「彩虹之國」美譽的國度上空。四百年前，伴隨著荷、英殖民者的劍戟梟鳴，一項強制分隔人種、族群的制度在南非大地上萌發，生根，結出黑魆魆的毒樹之果。及至二十世紀中葉，一個鼓吹白人優越主義的政黨——南非國民黨執掌公權，將這個穢惡的制度施行到了駭人聽聞的地步；它將全體國民分為四種：白人、有色人種、印度人與黑人，由此白人成為優等種族，後三種人尤其是黑人則被納入劣等種族，受到恣肆的制度性迫害，公民權橫遭褫剝。一個盛產鑽石的民族的光芒於是暗淡，日漸遠離文明，民眾黝黯憂懼的面容在飄颻的海風中枯萎。

這時，驅散烏雲、救拔一個陷入罪惡泥淖的民族的使命，將由後來被視為羅本島上「最危險的政治犯人」來承擔。

這是一隻自蒼茫山巒起飛的鷺鷹，目光炯炯，頭顱高昂，在風斂陰霾的日子裏自天空汲取力量，正卑飛斂翼，要為一個風雨如磐的民族嘶嘯。這位二十世紀南非精神的不朽象徵，他的抗爭性格起源於他多姿的孩童時期，這是一個幼年喪父、自小流連於小溪和玉米地的部落酋長家族的孩子，因為少時諦聽了先輩各個部落的戰鬥詩篇，徹悟到這個國家長久以來黑人悲慘命運的緣由，以至於當他因長子身分被指定為酋長繼承人時，竟直言不諱地宣稱：「決不願以酋長身分統治一個受壓迫的民族」，而是要「以一個戰士的名義投身於民族解放事業」。

這年他正當而立之年，鬥志昂揚，懷憂激憤，渴望在一個歧視與仇恨橫行的國土之上，重塑一個屈辱和恐懼退遁、自由和尊嚴高揚的國度，一片黑人和白人和睦同居的土地。可是他和他的戰友們，發出的言和意順的「廢除最主要的種族歧視法律」的殷殷籲懇，並沒有被一個無道當局接納，相反，卻招致斷然的拒絕，和所謂「發動顛覆活動」的恐嚇、指控。一場為時半年的全國性抗爭行動、由他領率的「蔑視不公正法令運動」，就這樣拉開了序幕。

這場運動聲勢如此浩大，以至於舉國都聽到了千萬人胸腔中發出的那聲吶喊：「反對不公正的法律！」、「讓非洲回來！」並且看到，整個南非已經群情鼎沸，從街頭到廣場，從城鎮到鄉村，各地的黑人民眾和志願者們以各種方式，從事著蔑視種族隔離法令的行動。人們從容不迫地進入那些只許歐洲人通過專用入口走進的車站、郵局和其他公共設施，那些未經允許不能進入的地區，那些專門為白人保留的座位，並且，堅決不接受保釋和罰金的要求，而是面帶著笑容走進監獄。而他，作為「蔑視運動全國志願者總指揮」，最終被巡警戴上手銬，鋃鐺入獄。之後被判九個月監禁，緩刑兩年。

自由使者的超卓之處在於不僅僅只是挑戰權威，更在於建樹新貌。面對蔑視運動取得的成果，志願者隊伍的劇增，白人種族主義政權的恐慌，國際輿論的關注，他進一步思考的問題是，現在是時候為未來的民主南非草擬一部綱領性文件了。在這漆漆寥光、苦風淒雨的暗夜裏，已到了發布黎明通知的時候了。

現在讓我們穿透傳記作家的煌煌之著，搖滾樂隊的繞粱之音，回憶一個風輕峭寒、熙陽氣爽的冬日下午。這天下午，南非幾大反種族隔離政策的團體，非洲人國民大會，南非印度人大會，有色人組織，民主人士大會，總共三千多名代表和觀察家齊聚克里普敦鎮廣場，如今它的名字叫自由廣場，以英語等數種語言，發布了日後將成為南非國內各方面進行改革的綱領性文件，也是日後南非新憲法的思想源頭——《自由憲章》。如今憲章的主要條款，被刻在圍繞廣場的石板柱上，歷世而長存。

這是南非現代史上值得大書特寫的事件，乃因沒有任何一份文件像《自由憲章》那樣，將南非人渴求自由平等的心聲闡明得如此浩氣凜然、激濁揚清，以至於直抵人心、催人淚下——

我們，南非人民，向全國和全世界宣告：南非屬於在南非居住的全體人民，無論是黑人還是白人。凡不是依據全體人民意志建立的政府，就不能宣稱享有正當的權力；我們的人民對土地、自由和和平的天賦權利，已被一個建立在不公正和不平等基礎上的政府所剝奪；我們的國家決不能繁榮或自由，除非我們全體人民能兄弟般共同生活，享有平等權利和機會；只有一個基於全體人民意志的民主國家，才能不分膚色、種族、性別和信仰，保證所有人民的天賦權利。因此，我們全體南非人民，包括白人和黑人——平等地位的人、同胞與兄弟，通過這個自由憲章。

在這樣一個晦暗的歷史時刻，一個種族隱藏於心的對自由的向往似霜般白，如火般烈——

「我們將畢生為爭取這些自由而並肩奮鬥，直至我們贏得我們的自由。」

當激蕩人心的劇情落幕，《自由憲章》的推動者要單獨面對軍警的鐐銬。多年以後，平生的信念像是刻在大理石上的雕紋般，雖歷經千錘百煉也難以磨滅，數度的入獄已使他的臉龐變成可怕的憔瘦，眼睛裏卻閃爍著唯有孩子才有的純真火花。如今站在被告席上的他，神情坦然，言詞從容、堅定，這是二十世紀人類社會最著名的法庭宣言：

我已把我的一生奉獻給了非洲人民的這一鬥爭，我為反對白人種族統治進行鬥爭，我也為反對黑人專制而鬥爭。我懷有一個建立民主和自由社會的美好理想，在這樣的社會裏，所有人都和睦相處，有著平等的機會。我希望為這一理想而活著，並去實現它。但如果需要的話，我也準備為它獻出生命。法律能給我以懲罰，但絕不會使我放棄為之獻身的事業。我已做好了入獄的準備。但坐牢也永遠不會改變我的人生之路。我的徒刑是有期限的，但我對自由的追求是無止盡的，一旦刑滿釋放，我將繼續進行鬥爭。我將繼續憎惡種族隔離制度、並盡我的所能爭取鏟除這一不公平的社會頑疾，直到永遠廢除它。

言畢，為了此生披肝瀝血爭取自由和平等的事業，他在監牢中服刑長達二十七個寒暑。其中囚禁在羅本島的時間，凡十八年。

前年夏天，南非世界杯閉幕式的最後一幕。全場燈光熄滅，瞬間現場大屏幕上發出了一束追光，投射向賽場上一輛繪有南非國旗的小車。這時，上萬名屏息注目的觀眾看到了一個熟悉的身影，一位九十二歲的老人。他在家人的陪伴下坐在小車上，頭戴黑色皮草帽，身著深色呢子大衣，一條黑色的圍巾裹在大衣裏頭，在賽場內繞場一周向著現場觀眾揮手致意。

在報紙上看到這一幕，我忽然想到羅本島上那一簇簇、如波浪般起伏的灌木叢，就像他此刻的容顏，充滿了憂患和滄桑。

修女

修女的故事，和她那如水晶般明淨純誠的心靈，曾深深震灼了我的心。我曾數次寫過有關她的文字，每次都感到胸腔中湧動著某種述說的激情，宛如一股隱身林間的山泉，期望著匯入河流。

現在讓我們再次看一眼南亞次大陸，它的東部恆河三角洲地帶，那個曾經的英屬印度首都，以騷亂和貧民窟著稱於世的城市。連年的戰禍，慘烈的饑荒，不斷湧入的難民，大規模的暴力事件，髒亂污穢的貧困棚戶區，難以控制的霍亂和痲風病，嚴重的能源短缺、地震、旋風和雷暴雨的威脅。苦難的加爾各答啊，你的軀體在歲月中抽搐和顫栗。

當新一輪印巴衝突爆發，難民潮如海水般湧入的時刻，她從西而來。修女，千里之外南部歐洲一個富商家庭的么女，一個少時接受傳教士訓練、成年後接受醫療訓練的天主教徒，日後被譽為「加爾各答的天使」，宿命地遠赴東方，來到這座名副其實的噩夢之城。此時的她感到心酸和沉重，同時卻又覺得歡喜和欣慰，因為承載著今生的使命，從這刻起將要付諸行動。她留下了一則流芳後世的故事，讓我們感知人類靈魂所能達到的高度。

她早就為這一切做好準備，只因少時在一家教會的兒童慈善會裏，曾被基督那驚心悲魄的聲音打動——「我饑餓，我受難，我無家可歸」。一個女童幼小的身體立時填滿了無邊無垠的悲憫，在那一刻，她立志要用盡一生去服務貧難。如今面對餓殍枕藉、哀鴻遍野的東方之城，她對自己說，我要留下來。從此遠行者的餘生啊，將要扎根於異鄉的土地。

在這個暴戾而又喪亂的城市裏，正是修女，帶來的那不顧一切的愛、盼望和信心，成為唯一能夠對抗黑暗和罪惡的力量。她脫下藍色的道袍，穿上印度平民婦女常穿的白色棉紗麗，走出寧靜舒適的修道院，赤著雙腳來到大街上，走入貧民窟。在這城中她四處尋找、收容她所要服侍的對象——窮人中的窮人，最低賤的賤民。正如她所宣稱的，她要「和世界上貧困中的貧困人群在一起」，她要「服務窮苦中的至苦者」。只因她一直認為，「人活著，除了需要口糧外，也渴求人的愛、仁慈和體恤。今天，就是因為缺乏相愛、仁慈和體恤的心，所以人們的內心極度痛苦。」

那些饑寒交迫的人，那些瀕臨死亡的人，那些流膿惡臭的痲風病人，那些無家可歸的乞丐、流浪漢，那些流浪街頭的兒童、垃圾堆裏的棄嬰，那些被整個世界隔絕、拋棄的人，那些過著悲慘生活、不幸的人，全都被指引著來到她的收容所，接受她不含施捨意味的服侍和無微不至的照料。他們感受著她的憐憫，體驗著她的慈愛，目睹著她的座右銘——「懷著大愛，從小事做起」，看見她一刻也不停歇地分發食物，護理病人，看顧孩童，為痲風病人包紮、清洗傷口，給瀕死者以臨終關懷，握著他們的手，陪他們說話，為他們祈禱，合上他們的眼睛，讓他們帶著人的尊嚴離開世間。

修女的故事註定了要在大地上流傳，要讓這城這國和整個世界為之動容。加爾各答城內這副忙碌的身影，成為黑暗叢林中的一絲光亮。收容所裏的每一聲祈禱，在千萬人的胸腔裏得到了共鳴。她在暗夜中點燃的燭光，被千萬支的燭光接著點燃，逐漸燃燒成如繁星般輝光熒熒的一大片燭光。

她的追隨者越來越多，不斷有更多的修女來此自願擔任她的助手，世界各地的義工（志工、志願者）也源源不斷地前來，成為她的幫手。她曾說自己是「窮人的手臂」，如今她感到自己的手臂正在延伸，她的收容所開始急速成長，她的服侍機構正日益擴大，新的服侍機構也不斷增加，貧病和垂死者收容院，流浪孤兒的露天學校，麻風病人收容中心，再後來，她的服務對象延伸到埃塞俄比亞的饑民、切爾諾貝利的核輻射者，以及亞美尼亞大地震的災民。在辭世前夕，她所創立的仁愛之家已從初期的十二所增至數千所，如今這個專為「窮苦中的至苦者」服務的機構已遍布全球。

離世之時，修女所創建的仁愛傳教會擁有四億多美元的巨額資產，而仁慈天使的全部個人財產，只有一雙涼鞋、三件舊衣服和一張耶穌受難的畫像。

前年八月，是修女的百年誕辰。印度政府特別發行了一枚面值為五盧比的紀念硬幣，這剛好是修女初到印度時攜帶的財產總數。時任印度元首發表談話：

身著藍色捲邊的白紗麗的嬤嬤偕同仁愛之家的修女們成為了一個符號，這符號代表著許多人的希望——包括年邁者，窮苦者，失業者，病人，臨終的人，和那些被世界所拋棄的人。

這段文字讓無數人追懷緬想，讓人再度想念那個聖潔的名字，和一張布滿皺紋卻閃爍著光華的臉龐。

醫生

一個現代醫生，一個樂觀的哲學學者，一個信奉歸正神學的牧師、神學院講師，一個鍾情於巴赫音樂的管風琴演奏家，櫛風沐雨，奔赴千里之外的非洲，在窮山惡水的蠻荒叢林地帶，志潔行芳，痌瘝在抱，矢志不渝地行醫達半個多世紀。

這是一位世所罕有的醫生。他的卓異之處在於，他具備醫學、哲學、神學和音樂四種不同領域的才華，並且在後三種領域均取得了不凡成就，而立之年就已經聲名鵲起，數本著作在業界備受矚目。更在於，這位天資穎異的德國通才，在其事業前程處於盛名之際，卻做出了一個令世人震驚的決定：放棄聲勢正隆的學術事業和演奏生涯，決定到非洲原始叢林從事醫療服務。於是，他重頭進入完全陌生的醫學院學習，八年後，終獲醫學博士學位和醫師執照。因為他篤信，尋求生命的意義，僅有科學和技術的知識是不夠的，還更應當成為道德倫理的身體力行者。因此尚在年少時，他就立下這樣的志業：「三十歲以前要把生命獻給傳教、教書與音樂，要是能達到研究學問和藝術的願望，那麼三十歲以後就直接進入一個人道主義服務的領域，把個人奉獻給全人類。」

非洲叢林，這是他的將往之地，一個遙遠而又陌生的地方。一個多月的水陸旅途，他晝夜兼程，一路上往事不斷在腦海浮現，他憶起年幼時曾看過的一個非洲人的人頭雕像，那雕像臉上憂鬱而若有所思的神情，彷彿在向他訴說著黑暗大陸的創痛。他又憶起了傳教者協會刊物上的那篇文章，一篇關於法屬赤道非洲生存狀況嚴酷惡劣、當地迫切需要醫療援助的報導，那篇報導勾起了他自小就萌生的服務與救助困境人群的心願。這些記憶的片段讓他思潮起伏，不能自已，一番舟車勞頓之後，一隻獨木舟載著他抵達到了目的地——蘭巴雷內，位於當時法屬赤道非洲的中西部，後來的西非加蓬境內。

他卸下籌辦診所的七十大箱醫療器材、藥物和行李，安慰身邊的新婚妻子，日光熾烈，他的身軀在日頭下顯得有些疲倦，內心卻心潮澎湃。這位遠涉重洋的醫生將進入宿命，他將永生與這片土地為友，在相守中兌現忠誠，也兌現對生命的承諾，並希冀以自己滿腔的熱忱，來撫慰眼前黑暗大陸的累累傷痕。

這是一片蠻煙瘴霧、疫癘肆虐的窮荒之地，一片被世界遺忘的土地。它在赤道附近，氣候終年赫赫炎炎，永是毒烈的太陽當空，炙烤得大地滾燙發紅，那些兇猛的黑色豹子、蠕動的毒蛇和低空飛翔的鳥類，在熱帶雨林中隱約出沒，特大號的螞蟻和蚊子鋪天蓋地，危險無處不在，疫疾四處流播。目睹一個蒙昧、落後、氣候惡劣、物資匱乏的地區，在天災頻仍、人禍不斷的蹂躪下群黎受苦，病患侵襲，他的雙眸隱隱作痛，淚光瑩然，心中那個救死扶傷的心願宛若河出伏流。

他在自己所住的木屋邊建造了一個叢林診所，開始在狹小、悶熱的空間裏展開工作。每天從各處趕來求診的患者擠滿了診所，患心臟病、肺病、精神病、脫腸、橡皮病和膿傷的病人絡繹不絕，而熱帶赤痢、痲瘋病、昏睡病、日曬症及疥癬更是普遍而又可怕。這位仁心仁術的醫生遂每日裏忙碌不停，完全免費地為病人診斷、治療、開藥，動手術、施行搶救，清洗、包紮傷口、消毒。從一個病人到下一個病人，他終日只爭旦夕、疲心竭慮地實踐著自己的使命。在他看來，病痛是僅次於死亡的苦楚，而醫生的職責就是服務有病痛的人，解除病患的這種苦楚。更重要的是，服務你們是我義不容辭的責任，非洲的黑人啊，染疾的患者啊，你們是我的兄弟，而我是你們的兄長。

在叢林地帶行醫數十年，他在逐漸摸索出熱帶病診療技術的基礎上，陸續建起了手術室、檢驗室，並將精神病房、傳染病房與普通病房隔離開。他按照土著村落的格局組建綜合醫院，鼓勵病人攜家屬前來做飯和護理。他不斷地擴充設備、重建醫院、增加病房，以便服務、醫治更多的病人。在他離世時，這個綜合醫院已擁有七十幢建築物、三百五十張床位和一個能容納兩百多名病人的痲風病院，每年為數字龐大的患者尤其是貧困患者提供醫療服務。

人道主義者以其殫精畢力的辛勞，將自己煉成了一個「在最完整的意義上成為人」的人。他的奉獻如此徹底，如此的非日非月、為天下明，他讓我看到了人類文明在被兩次世界大戰和極權主義深深戕害、人類心智被急功近利的現代化撕裂的時代，還可以循著這個人的生命形態去活出另一種豐富的可能性。最令我動容的是，他從不按照歐洲社會或白人世界的生活標準，去看待他所服務的人群，而是以寬廣博大的胸懷，去接納生活方式與行為規範有著極大差別的非洲土著和黑人，並為他們承擔危險工作的勇氣、不知疲倦連續數日運送病人的舉止而感動，也為他們不得不捲入白人的戰爭，在饑餓、恐懼和病痛中悲慘地死去而哀痛。當他的某些同胞把黑人當作劣等民族，揮舞著納粹旗幟在德國大地上狂舞時，他憤然斥責道：「我始終堅信，生活在大自然懷抱中的黑人的生命力，要比自詡為文明世界中的人來得強韌，也更能忍受疾病的煎熬。」

置身非洲叢林與水流沛發的原始世界，追念一次大戰生靈塗炭的悲劇，接觸飽受疾病折磨的病患，他提出了「敬畏生命」的倫理學理念：倫理的範圍應擴展到一切的動物和植物，不僅對人的生命，而且對一切生物和動物的生命，都必須保持敬畏的態度。

這是他此生最重要的信念，也即該如何對待世間一切生命的態度：「善是保持生命、促進生命，使可發展的生命實現其最高的價值，惡則是毀滅生命、傷害生命，壓制生命的發展。這是必然的、普遍的、絕對的倫理原則。」、「只有當人類認為所有生命，包括人的生命和一切生物的生命都是神聖的時候，他才是倫理的。人類應該意識到，任何生命都有價值，我們和它不可分割。」經由這些真知灼見的觀點，作為後人的我們看到，一顆悲天憫人的心靈如此博愛，如此純粹。叢林中發出的這一關於生命倫理的希世之音有如霰雪般澄淨透明，歷世數十載而日久彌新。

四年前的一個春日，非洲之子的孫女訪問臺灣，蒞臨臺北醫學大學的醫學綜合大樓。當天她在主題為〈我的祖父〉的演講中，緩緩道出祖父一生的言行事功，以此勉勵醫學院的學生用心關懷社會。隨後，她與北醫管弦樂團在國家音樂廳合作，舉辦了一場「音樂、醫學與社會關懷紀念音樂會」。

當柔美、清新、沛騰有力的貝多芬第四號交響曲奏響在音樂大廳的時候，那有力的琴弦、圓潤的木管樂器、歡快的節奏、氣勢磅礴的旋律，如波濤洶湧的巨浪般撞擊著觀眾的心靈。這旋律就像叢林醫生寬博仁德的一生，撼人心魂。

新大陸

現在讓我們將目光投向誕生了獨立宣言的那片土地，一片在歲月旅程中載沉載浮、歷史短暫卻又閱世深邃的新大陸。廣袤的大地，東西瀕洋，三面環海，浩瀚的五大淡水湖奔流到海不復回，無數的生靈在這裏生息，繁衍，蓬勃生長，從容的太陽一次次地將這裏普照。它曾經是美洲原住民自給自足的一方避地，種植玉米，捕獵野牛，祭祀的篝火熊熊燃起，後來卻通時達變，吐故納新，開襟敞懷攬英才。哥倫布的船隊，五月花號的客船，萊克星頓的槍聲，日漸將一個亭亭植立的年輕國度雕琢，砥煉，直至呈現在世人面前。

這新生的國讓整個世界引領而望，它有如白頭海雕似的振翼遨翔，一路馳奔，逐漸成為拓荒者的驚喜，冒險家的樂園，移民的新居。地上的人做著自由的夢，關於開拓荒地，關於採礦建廠，關於發明通商，關於自由的信教和辦學。隨著它的腳步不斷前行，一些堪稱痼疾的社會問題逐漸浮出水面，譬如蓄奴問題（種植園奴隸制、農奴制），又譬如種族隔離制度（種族歧視政策）。這與它平等、自由的立國精神將發生最激烈的衝突，導致奴役，導致歧視，導致人的自由、權利和尊嚴的化為烏有。這是亙古亙今的世界性範圍內源遠流長的現象，卻是它痛不可忍的背上之芒刺、喉頭之鯁骨。它要驅走陰霾，大地在期待著陽光。

穿透時空的霧障，我們首先看到的是一場風起雲湧的廢奴運動，一首人類廢奴史上的交響曲。在那些彤雲密布的日子裏，這隻年輕的鳥兒愁眉蹙額，站在文明的船頭，發出一陣陣清響的嘶鳴。它在暗夜裏自省，奴隸制度被認定為「這個有罪的國家的罪惡」，無論是對照獨立宣言、或聯邦憲法的煌煌之詞，還是出於對神聖的自然法、或崇高的上帝的敬畏，都映現出我們自己的卑陋、殘暴、虛偽，以及外巧內嫉的可憎面目。蓄奴制是這個國家的傷疤，導致一個義理質正的價值形態面臨恥辱和羞愧。每一個奴隸的存在，都意味著我們自己的道德良知已經破產，奴隸應當恢復自由。

廢奴主義者就是那些在暗夜裏嘶鳴的人，就要追求一個人人生而平等且自由的國度，直到這國中最卑賤的人也能夠看到陽光。那個合眾國的第一任駐外大使，發明了避雷針的發明家，一手創辦了這個國家的第一個廢奴主義協會，並出任第一任會長。他將該協會的宗旨定位為，尋求釋放被非法禁錮的黑奴，組織反對奴役黑人的運動。在自傳中談到廢奴時，他發出夢囈般的吟唱：

「我們的靈魂是不朽的，不論現在或未來，所有的罪犯都將受到懲罰，而堅貞的美德都將受到贊賞。」

那個《常識》一書的作者，合眾國的命名人，他在《賓夕法尼亞雜誌》上發表了北美土地上反對奴隸制的第一篇文章、也是最傑出的文獻之一——〈在美洲的非洲奴隸〉。在本文中他以如椽大筆，對黑人奴隸制和奴隸貿易發出了雷霆般的怒吼：「對黑人的奴役，是謀殺、搶劫、淫惡和野蠻的行為。北美人啊，請務必「以沉痛和憎惡的心情立即停止並廢除這一制度。」後來他從「坐而言」走向「起而行」，毅然決然地成為美洲廢奴協會的成員，為推動廢除奴隸制的事業身體力行，四方奔走。

那個文思敏捷的女作家，父親和丈夫均是牧師的女教師，出於對奴隸的同情，她將自己的家變成了幫助南方奴隸逃亡的中轉站之一。因為在南方親眼目睹了黑奴的悲慘生活，且經常接觸逃亡奴隸，她寫出了既傳誦一時、又震懾一時的感傷小說《湯姆叔叔的小屋：卑賤者的生活》（又譯為《黑奴籲天錄》），這本書將要成為南北戰爭的導火線之一，並且向北方各州不了解黑奴命運的人們，聲情並茂地痛陳「奴隸制度的罪惡與不道德」。而她筆下黑奴們悲苦辛酸的生存狀況更是催人淚下，讓人心為之動，神為之摧。

而廢奴總統是這段歷史進程繞不開的一座峰嶺。他的長哦揮灑、並且大處落墨，無疑是人類廢奴歷史長卷中的一份傑作。

這個窮苦鞋匠的兒子，這個僅受過一年半教育、全靠自學成才的律師，這個其貌不揚、眼睛斜視、患有憂鬱症的國家拯救者，這個十一次被雇主辭退、五次競選議員失敗、兩次生意失敗的人生失敗者，他終生竭力反對奴隸制度，渴望重建一個沒有奴隸的自由國度。他為此承受著肆意的謾罵和羞辱，公然的攻擊和刺殺，最終於花甲之年死於非命，成為合眾國歷史上首位遇刺身亡的總統。

年輕時當過水手的他，曾多次運貨到南方，親眼目睹了黑奴遭到的殘酷折磨，他在日光下不斷流出眼淚，那是男兒的淚，飽含哀矜、同情，同時內心生發出對人類不平等現狀的深惡痛絕。自此廢奴的構想，成為深埋在他心中須臾不可動搖的信念。這個深諳法律精神的底層之子，從人性和人道的原則出發，運用邏輯和說理的方式，目不交睫、長年不斷地撰文和演說，全部的目標都指向一個單純的信念：廢除奴隸制。自二十三歲當選州議員之後，他開始四處發表抨擊奴隸制的演講，年輕的嗓子發出詩意的誓言：「我們為爭取自由和廢除奴隸制度而鬥爭，直到我們的憲法保證自由，直到整個遼闊的國土在陽光和雨露下勞動的只是自由的工人。」當三十四歲遠赴華盛頓擔任聯邦眾議員時，在舉國關注的七場關於奴隸制度、蓄奴問題的辯論中，辯才無礙的資淺眾議員慷慨陳詞：

奴隸制在道德上是邪惡的，奴隸制，對於黑人、白人與合眾國來說都是一種徹底的邪惡，與獨立宣言中『人生而平等』的原則相矛盾。

針對讓國家存在兩種制度、自由州與蓄奴州並存的主張，年輕的眾議員發表了一篇名為〈分裂的房子〉的著名演說，讓平等和自由變得愈加具體和清晰：

分裂的房子必不能持久，一半奴役一半自由的政府決不能持久。新的領土必須是自由之邦。

五十四歲那年，在內戰中的蓋茲堡戰役結束四個多月後，他在蓋茲堡國家公墓的揭幕式上，發表了一篇字數不足三百卻字字珠璣、日後成為現代民主政府經典定義的偉大演說：

要使我們這個國家在上帝的保佑下得到自由的永生，使這個民有、民治、民享的政府永世長存。

當置身船首，他要為這國奏起高亢的琴音。在這一年新年鐘聲敲響的時刻，他巍然地坐在案頭，面對眼前的文件資料，肘撐桌面，雙眉緊蹙，極目遠望，看到內戰的硝煙、滿目瘡痍的國土、龐大的種植園、園內的棉花、煙草、大米、藍靛、被販賣的奴隸宛然在目、黑奴們在田間終日勞作、行銷骨立、骨肉分離、罹病早逝、揚起的皮鞭、強行套上的木枷和繩索、任意的處死。我苦難的同胞啊，你們是這個國家不忍卒讀、一字一淚、如泣如訴的篇章。

想到這，他仰首伸眉，目注心凝，神情肅穆，將手心裏握著的羽毛筆蘸上墨汁，鄭重地落筆，簽署了桌上一份早已爛熟於心的文件——《解放黑奴宣言》。他要為奴隸制帶來一個正式的落幕，無數奴隸的命運因此而改變，從此合眾國的土地上再無奴隸的蹤影。一個民族的痼疾於是終結，一個民族自此走向新生。

可自由的歌者卻在凱歌奏響的時刻遭遇命運的暗礁：

哦，船長，我的船長！／我們險惡的航程已經告終／我們的船安渡過驚濤駭浪／我們尋求的獎賞已贏得手中／港口已經不遠，鐘聲我已聽見，萬千人眾在歡呼吶喊／目迎著我們的船從容返航，我們的船威嚴而且勇敢／可是，心啊！心啊！心啊！／哦，殷紅的血滴流瀉／在甲板上，那裏躺著我的船長／他已倒下，已死去，已冷卻。

——節選自《哦，船長，我的船長！》

這首浸透了血淚和哀痛的悲壯詩歌，是曾公開呼籲廢除奴隸制度的吟遊詩人惠特曼，在極度悲痛之中寫下的。就在南方邦聯軍隊投降、內戰結束後的第五天，一個支持奴隸制度的戲劇演員，攜帶手槍闖入華盛頓的福特戲院總統包廂，連開八槍。

那一瞬我們的船長，正與夫人觀看戲劇的總統身中六彈，撲地倒在血泊中，翌日凌晨，不治身亡。側立在旁的格蘭特將軍聞訊流著淚哀嘆道：「現在，他屬於千秋萬代。」

現在，讓我們來注視百年後又一位黑人自由的守護者，一位浸信會教堂的牧師，和他所領導的一場波瀾壯闊的民權運動。

這個黑人民權運動的靈魂人物，非暴力抵抗和直接行動的倡導者，他的胸腔中充溢著如火燎原的光焰，那是「為上帝服務」的呼召，驅使著他不停地去吶喊和行動，以求彌合一個國家的裂痕，一條巨大的種族鴻溝。

與廢奴總統相比，他只是個不擁有公權力的普通神職人員，或者說，一介平民，可是當種族隔離的藩籬雲屯森立的時候，他昂首走上時代的前臺，讓世上所有的政要權富都感到愧悔無地。他將自由和平等的夢想別在胸前，他要為自由而戰，經歷暴風和霜雪成為戰士，不憚於無數次的恐嚇、辱罵、多次的毆打、炸彈襲擊、十次以上的監禁、三次入獄、三次暗殺，每一次的打擊都使他更加堅強，同時唱著戰歌再度出發。他的腳步不曾凌亂，喉嚨不曾沙啞，一個有夢的人點燃自己去追逐夢想，一個國家背棄的諾言將要被一陣義正辭嚴的吶喊給喚醒。

就在他獲得神學博士學位、正式成為牧師的那一年，他領導了一場持續時間達一年多之久的反對種族隔離的公共汽車抵制運動。二十世紀中葉歷時十多年的黑人民權運動，序幕就此拉開。一名四十二歲罹患慢性扁桃腺炎的民權行動主義者羅莎•帕克斯，後來被國會稱為「現代民權運動之母」的黑人婦女，當天坐在公車上的白人座位，拒絕聽從司機的命令讓座給白人男子乘客，隨後被以蔑視蒙哥馬利市關於公共汽車上實行種族隔離的法令（黑白分坐的法令）遭逮捕，之後被判處監禁、罰款。

挺身而出的時刻到了！年輕的牧師振臂一呼，發出「不與邪惡的規章制度合作、不再給予汽車公司以經濟上的支持」的大聲疾呼。五萬五千名黑人展開了罷乘運動，大家扶老攜幼、忍受著各種困難和痛苦，通過徒步上下班、或自行組織交通工具解決交通問題，奔走於家庭、工作場所和其他地方。黑人們的克制、忍耐、堅強、以及他們沿途哼唱的質樸的靈歌，讓許多耳聞目睹的人們眼眶濕潤，良知甦醒。最終聯邦地區法庭裁定，阿拉巴馬州關於在市立公共汽車上實行種族隔離的法律違憲，為期三百八十一天的罷乘運動結束。南部諸州歷史上第一次黑人自發團結起來爭取自身權益的集體行動，由此獲得勝利。

罷乘運動使得年輕的牧師聲譽鵲起，而他面向黑人竭力闡揚的「非暴力」的策略和思想亦日漸深入人心。逡巡過了幾年，又一場有組織、規模更大、持續時間更長的民權運動開始了，這就是六〇年代初期以黑人大學生為運動主體的「入座運動」。

事件起因於一個來到一家連鎖店吧檯買酒的黑人大學生，被以「我們不為黑人服務」的理由加以拒絕。黑人大學生們群情憤怒了，決心以非暴力的實際行動，對這些種族歧視政策表達抗議的立場。參與學生平靜地進入任何拒絕為黑人服務的地方，以有尊嚴的目光禮貌地提出服務請求，同時做到打不還手，罵不還口，得不到服務就坐在那裏讀書，做作業。不到兩個月，「入座運動」就席捲了南部五十多個城市，學生們的行為違反了南方當地的種族隔離法律，不斷地有越來越多的學生在運動中遭到逮捕，鋃鐺入獄。這時擔任南方基督教領袖大會主席、已成為民權運動領袖人物的牧師，向他的同胞發出了號召——「把監獄填滿」。

這是一句誓詞，一個預言，一份驚世駭俗的宣言。它裏頭所蘊含的殉道精神和甘願受苦的心志，對於沐浴在自由陽光之下的北方民眾來說，無疑會覺得難以想像，但對於世世代代承受著奴視、壓制和不平等待遇的南部黑人來說，卻是他們經年累月基本的生存狀態和思維方式。這是對奴役和不平等制度的堅貞不屈的抗爭，同時希望以我們自己的受苦，我們自己的受難，來喚醒你們的良知，你們的理智，並且換來不平等藩籬的撤離。

入座行動持續了一整個夏天，監獄裏的入座行動者與日俱增，而牧師自己也加入了入座行動，成為「填滿監獄」行動的一分子，自願入獄坐監。終於到了這年年底，根據聯邦最高法院作出的一個判決入座運動志願者無罪的判例，聯邦政府州際交通委員會作出規定，一切州際交通工具，不論是火車，汽車還是它們的輔助設施車站等地方，都不得實行種族隔離。在憲法州際貿易條款的支持下，南方各州最終認可了在交通工具上廢除種族隔離的法令。

民權運動的接連戰果，讓一場更猛烈的暴風雨開始醞釀。兩年後的一個盛夏，他組織了一場規模空前、意在爭取黑人全面自由和權利的遊行集會，它將成為六〇年代民權運動的高峰，合眾國史上最大的一場人權政治集會，他將之命名為「自由進軍運動」，又被稱為「向華盛頓的偉大進軍」。

在這赤日旺熾、暑氣蒸人的盛夏時節，來自全國五十個州的二十多萬黑人和白人齊聚首都。上午十一時，遊行隊伍從華盛頓紀念碑出發，分成兩路縱隊向著林肯紀念堂行進，身穿深色西服、白色襯衫的他走在遊行隊伍的最前面。「立即自由」、「我們要工作」、「我們為立即成為一等公民而進軍！」的口號聲響徹雲霄。

在林肯紀念堂階梯上，自由進軍運動的領袖顧盼神飛，心潮澎湃，他要成為千萬人的喉嚨，發出千萬人的心聲。這聲音將要在國家的大地上流響，被國家的每一個州聽到，被地上的每一個黑人和白人聽到，被每一座丘陵和每一片山坡聽到，直至響震天穹，直抵雲霄。面對黑壓壓眼神焦灼、神情疲憊的人群，他再也控制不住自己的舌頭，胸中郁結的話語像排山倒海般似的傾倒出來，一瀉而不可遏止：

我夢想有一天，這個國家會站立起來，真正實現其信條的真諦：「我們堅信這些真理是不言而喻的，人人生來平等」。

我夢想有一天，甚至連密西西比州這個正義匿跡，壓迫成風，如同沙漠般的地方，也將變成自由和正義的綠洲。

我夢想有一天、我的四個孩子將在一個不是以他們的膚色，而是以他們的品格優劣來評價他們的國度裏生活。

這是二十世紀人類社會最震撼人心的聲音之一，這是千古絕唱。這是一種對人類飽含著大摯愛和大悲憫的情懷所凝結的字字珠璣，這是一種鐫骨銘心的理想歷經磨難仍不可得依舊孜孜不怠地追求永不放棄的擲地金聲。少年時代至今，每一次的閱讀或是聆聽，我都感到全身心被一股充沛的激情激蕩著，渾身血管都浸潤在這浩氣沛然的聲音之中。

一年後，國會通過了《民權法案》。其中規定，在全國境內不得採取種族隔離措施，對黑人、婦女與少數民族的歧視性措施為非法，並保證全體國民在居住、公共設施、投票、公立學校、陪審等方面的權利平等。民權法案結束了合眾國立國以來長期的黑白種族隔離政策，成為人權進步的一座里程碑。

當曙光初露，自由的喉嚨卻被割斷，成為斷了弦的豎琴，再也發不出樂音。就在民權法案通過後的第四年，年輕的牧師在前往田納西州孟菲斯領導清潔工人的罷工運動時，在汽車旅館房間的陽臺上遭到暗殺，一粒子彈正中喉嚨部位，就此永遠地倒下了。

但此刻已是永恆，他已將自己的肋骨鋪成一條朝往種族融合的道路。這條路通向前方，通向黎明。

故土

寫到這，我要談一談我的故國，那個我常常不由自主地魂馳夢想，細細思量卻總是百感交集的故土。我想起了海港，丘陵，高原，一馬平川的平原，季節的分野如此分明，泥土的氣息溫潤可新。這裏是太平洋的西岸，歐亞大陸的東部，它有如時光一樣飽經風霜，卻一直生生不息。千載而下，人們在這片一代代人用血與淚所滋養的土地上，吟詠著絲路、敦煌和諸子的傳說，述說著歷史的刀光劍影、觸目驚心。

這是一片迄今我所知道的最為深沉的土地，一個時而顧盼自雄、時而顧影自憐的大陸。放眼人類史上所有的古老文明形態，唯有它，擁有持續時間最為久遠的文明，其特有的文字與文化綿綿縉縉數千年，從未曾中斷過。可掠過史冊的光影，徜徉於時間的川流，陰穢的特質悄然浸入它的骨髓，直至靈魂深處；以春秋大義和兼收並蓄為底蘊的偉大文明，卻招致了暴戾、血污、權謀、狂悖、四千年的世襲王朝、永無止息的治亂循環。日升日沉，古老的大地在月光下痙攣，千瘡百孔；人民終古在一個接著一個權禦的腳下，匍匐在地。

然而在至為微明之地，依然有一些狷潔和耿直之士在昏暗的大地上奮起，堅守，靈魂昂然地站立。我常常在月白風清的夜晚，伏案尋訪、諦視這些熱烈高邁的血肉人生，到如今我熟悉這些清雋的面孔，就像熟悉自己身體的氣味一樣，我時而為他們曾經來到過這片土地而心存感恩，時而又為這片土地對待他們的冷酷無情而痛徹心腑。此刻在燈下，乾脆就讓我拋開晦澀的隱喻，直接在心間、在筆底念叨這些義薄雲天的名字吧。

其中的一個叫武訓。這是一個現今幾乎已消散於民族記憶的人，一個隱藏在歷史深處的人，一個目不識丁的平民教育家、民間辦學的先驅，他最確切的身分，應該說，是一個一生大半輩子生活在社會最底層的乞丐。正是這個乞丐，少時發願要畢生集資辦學，此後數十年志堅行苦，載一抱素，硬是靠著終生行乞修建了三所義學（俗稱義塾，清朝地方的基礎教育），購置學田三百餘畝，積累下巨額辦學資金，成為古往今來世界教育史上絕無僅有的獨昭、奇蹟。

這個窮苦人家的孩子，生來原本是只有姓氏，連名字也沒有的。因在家中排行第七，人稱武七，又因一說話嘴角即吐白沫，得了個綽號「武豆沫」，後被山東巡撫賜名為「訓」。孩童時期的武七靠跟著母親討飯、做童工度日，飽嚐了世態炎涼、人情冷暖，以及因不識字而屢遭的厄運。十八歲那年他到一戶人家做工三年，期滿分文不給，還被毒打了一頓趕出家門，流落到一間破廟裏昏睡了三天三夜。

這窮苦的孤兒在睡夢中發出低微的呢喃，夢見了明月，夢見了黑暗中一道如日出之灼灼的光，夢見他幼時見過的農田，渠水流入畦田，水稻成行，秧苗渴望著澆灌。他在迷迷糊糊中醒來，如醍醐灌頂般徹悟，又如鳳凰在大火中涅槃，一下子變得眼明手捷，聰慧過人，一下子又變得顛顛癡癡，手舞足蹈。這時他已經脫胎換骨，心中懷揣偉大的使命，要為窮人家的孩子辦學，從而——「使他們（貧苦人家子弟）無錢也能讀書，使他們讀了書不再被人欺。」

這使命感將貫穿他苦命的一生，猶如夢境伴隨他飄蕩的一生。這使命註定了要伴隨著如影隨形的艱難，嘲弄，調謔，以及莫可名狀的千辛萬苦。他完全是以一種自苦的方式辦學，走南闖北，到處乞討，在行乞的過程中，他為自己設計了一個奇特造型以吸引路人：先是賣掉右邊的辮子，剃光右邊的頭髮，後又剃光左邊的頭髮，而在右邊留起一撮頭髮。他在街頭玩雜耍，表演「拿大項」、「蠍子爬」等節目，給人當馬騎，甚至吃糞便、吃蛇蠍、吃磚瓦，以供人取樂，討個賞錢。

除了行乞之外，他還做過各種各樣的農活和手藝，推磨、推碾、割麥子、澆園、挑擔子、拉車、紡紗線、豎鼎、拈線頭、軋棉花、做媒紅、為農民買地買牛。數十載行乞生涯，他的足跡遍及魯、冀、豫、蘇等省份。為了能籌集到辦學款項，他什麼活都肯幹，什麼苦都能吃，什麼樣的不堪遭遇都能忍受。

他把困苦的漂泊當成甘甜的佳釀，把惡意的戲謔當成悠揚的笙歌。這漂泊無依的乞丐長年跋涉奔波，餐風飲露，渾身上下散發出難聞的體味，腥臊的狐臭，身上衣衫襤褸，言談舉止怪誕，可是他的心靈卻如銀般純淨，似雪般清潔。在行乞的過程中，他總是將一句「義學長，義學短」嘮叨個不停，遂又得了個「義學症」的第二綽號。對此他絲毫不以為意，反而引以為榮，磊落不羈，「扛活受人欺，不如討飯隨自己，別看我討飯，早晚修個義學院。」、「義學症，沒火性，見了人，把禮敬，賞了錢，活了命，修個義學萬年不能動。」——這是他的自嘲，也是他的抱負。

他辛辛苦苦討來的賞錢本來可以借以糊口，可是他卻悉數積攢了下來，討來的乾糧只吃碎的、爛的，而完好的食物徑自拿去賣了，換成現錢留作辦學基金，他還常常撿菜根、芋尾來吃。他積日累月地省吃儉用，將個人生活降低到最低的水準，這所有的一切都只是為了一個目的：乞討攢錢，興辦義學。受民間說唱藝人的影響，他在一路行乞時唱著自編的歌謠走南闖北，為了吸引路人的關注，也作為對自己的勉勵。這就是流傳百年、感天動地的「興學歌」：

「吃的好，不算好，修個義學才算好。」
「吃菜根，吃菜根，我吃飽，不求人，省下飯，修個義學院。」
「你行好，俺代勞，大家幫忙修義學」
「吃蠍子，吃蠍子，修個義學我的事。」
「屎也吃，尿也喝，修個義學不算多。」
「吃芋尾，吃芋尾，不用火，不用水，省下錢，修個義學不費難。」
「喝髒水，不算髒，不修義學真骯髒」
「人不行，又無衣，修個義學不娶妻」

「人生七十古來稀，五十三歲不娶妻；親戚朋友斷個淨，臨死落個義學症。」

百年後面對這樣的歌謠，怎不令人觸目興嘆、感深肺腑、肅然起敬？自古以來，教育是讀書人興辦的事業，可他改變了教育家的定義。日光下地上的三教九流熙來攘往，而他的乞討是最神聖的一個舉動。

時間像是一臺收割機，收獲了他的辛勞和勤儉。水滴可使石穿，積土可以成山，待到他年屆半百之年，他已靠幾十年來含辛茹苦乞討所得的款項，置買了逾兩百畝田地作為學田，積蓄了巨萬資金，作為義學的恆產。三所義學，得以陸續建成——崇賢義塾、館陶楊二莊義塾，和他臨終前建成的臨清御史巷義塾。

就在第三所義學辦成那年，五十八歲的他由於長年苦行，積勞成疾，油燈耗盡，在禦史巷義塾內聽著眾學童朗朗的讀書聲，帶著微笑離開了這個世界。「（武訓）病革，聞諸生誦讀聲，猶張目而笑。」（出自《清史稿》）出殯當日，堂邑、館陶、臨清三縣官紳全體執紼送殯，遵照其遺囑歸葬於崇賢義塾的東側，各縣鄉民自動參加葬禮逾萬人以上，沿途來觀者人山人海，一時間師生哭聲震天，鄉民紛紛落淚。古老民族教育史上的一朵奇葩異卉，就此凋落。

在一個淫雨霏霏的春日他含笑離去，他已經如此的疲累不堪，他要歸入塵土作永久的歇息，有如泥土一樣更加卑微，有如大地一般無窮無盡。而他瑰意奇行的一生，一生的進德修業，成為地上的人永生的欽敬，被一代代人熱烈地傳誦，成為古老民族異聞傳說的一幅卷帙，沉淪不墮的一絲血性。

從晚清到民國，從廟堂到鄉野，從學堂到市井，他的德澤傳誦一時，經久不衰。人們為他修葺陵墓，建立祠堂、石碑，樹立漢白玉雕像，敕建「樂善好施」匾額，建造「武公紀念堂」、「武公紀念廳」，舉辦誕辰紀念活動，直至為他立傳，將他寫入學校教科書；從知縣、巡撫到帝王，從總統、軍閥到學者，無論價值取向如何聞悉其人其事莫不震撼、敬仰，遂尊稱他為「武訓先生」、「武公」、「武聖人」，並立誓要承續他的辦學事業。而在二十世紀三〇年代普及教育運動興起的潮流中，一批投身教育運動的教育家們則將他視為普及教育之先導，民間興學之表率，教育事業之楷模。

這個世間最卑微的乞丐，在他身後半個多世紀的歲月中名聲籍甚，聲望日隆，為在內憂外患的時代中走向衰落的老大帝國，注入了一股清流和朝氣。然而時光到了二十世紀中葉，這位聖徒卓異而又深入人心的高大形象，卻讓一個敢叫日月換新天的新生共和國坐立不安。那一顆積德累仁、亮閃閃的赤子之心讓共和國一下子懵怔了，一場勢如暴風驟雨的全國性思想批判運動，迅猛襲來。在億萬子民激昂的聲討聲中，輿論機器在狂舞，文字中的火藥味刺鼻濃烈，廣播中的無線電波劈啪作響，口誅筆伐如一浪接一浪的洶湧海濤，他成為箭靶和祭品，成為一具臭不可聞的木乃伊。

在這場暴風驟雨中打頭陣的，是共和國第一大報上的一篇重要社論，成為中傷、訾毀義丐清譽的一枚重磅炮彈。上面有一位以詩詞和陽謀著稱的領袖親自撰寫的這麼幾句話：

像武訓那樣的人，處在清朝末年中國人民反對外國侵略者和反對國內的反動封建統治者的偉大鬥爭的時代，根本不去觸動封建經濟基礎及其上層建築的一根毫毛，反而狂熱地宣傳封建文化，並為了取得自己所沒有的宣傳封建文化的地位，就對反動的封建統治者竭盡奴顏婢膝的能事，這種醜惡的行為，難道是我們所應當歌頌的嗎？

而一個由「文藝沙皇」、領袖夫人兼文藝旗手等人組成的中央級「武訓歷史調查組」，以掘地三尺的功力完成了長達四萬五千字的《武訓歷史調查記》，成為暴虎之倀，虪狼之豺。這份調查報告最終給武訓扣上的三頂大帽子──「大流氓、大債主、大地主」，象徵著一個有著悠久歷史和古老文明的東方國度已下決心徹底走向墮落和下流：

武訓是一個以「興義學」為手段，被當時反動政府賦予特權而為整個地主階級和反動政府服務的大流氓、大債主和大地主。

十數年之後，在一場以「文化」和「革命」為名義的國家恐怖主義劫難之中，武訓祠、武訓的漢白玉塑像和「樂善好施」的匾額被搗毀。一群身著綠軍裝、臂佩紅袖標、腰束武裝帶、手握紅寶書的少年人，雄赳赳氣昂昂地揮舞鐵鍬，掄起鋤頭，砸開了武訓的墳墓，掘出他的遺骨抬出去遊街示眾，當眾批判，然後點火，焚燒，成灰。在騰躍的火苗中那燒成的灰燼四處飄散，飄向空中和地上，融入到黑暗和光明之中。

自此，馳名中外、澤被後世、以一生的砥節礪行享譽世間達兩個世紀的千古義丐，在諾大的華夏大地上屍骨無存，渺無影蹤。

現在我想提到的另一個名字，是遇羅克。這個二十世紀六〇年代東方國度的青年思想者，蹈死不顧的殉道者，像一道陽光出現在晦暗的年代，他的吶喊，無疑是空谷足音，在一片死寂的山谷裏轟響，為一個昏昧愚暗的時代啟蒙，而相對於武訓在辭世半個世紀之後受到的毀謗、焚屍，他在有生之年就已負屈銜冤，並且，死於青春年華。

當這個民族不幸墮入劫難，集體陷入癲狂，將一套詭偽的理念奉為圭臬的時候，他展示了一種迥然不群的清醒、骨勇，發出了暗夜裏的一點微光，使那個黯淡的年頭，有了些許亮光。以至於當時光來到十幾年之後，歷史翻到改弦更張的一頁，人們在「撥亂反正」、「真理標準大討論」的思潮中拋棄謬說、民智漸開的時候，發現這個人早已走在了時代的前面。

這個北京人民機器廠的學徒工，資本家兼右派家庭的孩子，他成長的時代是這樣的一幅景象：自從那位七月派詩人發出了「時間開始了」的磅礡贊歌之後，一個古老民族的精神大廈發生大面積的坍塌。在一個荒誕無稽的年代，階級鬥爭，一個不容置疑的詞語，一舉躍上了一個準宗教體系的頂端，而人性論、人道主義、人的尊嚴這些流傳千年的超越階級的道德、價值則被蹂躪得千瘡百孔。在這裏，「人民」一詞被不可思議地濫用，被摶埴成可任意捏塑的泥團，為的是從它的概念中劃分出「階級敵人」，地主、富農、反革命分子、壞分子、右派、叛徒、特務，甚至當政集團內部的走資派，臭烘烘的知識分子，都是這一陣營裏頭的妖魔鬼怪。

他們的子女，無論是弱冠青年，無憂少年，還是五尺之童，在諸如升學、就業、參軍、招工、婚姻、入黨、入團、工種、提幹等等的人生事務上，因為家庭出身或者說是「血統」的緣故，被剝奪權利，遭受制度性的歧視、凌辱，甚至被肆意地傷毆、戮殺。這就是橫行天下的「血統論」。它堂而皇之地占據著時代的思想舞臺，並以一幅廣為流傳的對聯作為註解——「老子英雄兒好漢，老子反動兒混蛋」，由此造就出無數屈辱地掙扎在暗夜裏的政治賤民。

在一個顛倒黑白、指鹿為馬、萬民噤若寒蟬的年代裏，一顆擁有「獨立之精神、自由之思想」的心靈就是一支展開旌旗的軍隊。這時他決意以悲壯之勢進行孤軍奮戰，用哲學的素養、嚴謹的邏輯、理性的論證向一個荒謬的理論宣戰，為千千萬萬淪為賤民的群體而戰，他相信真理、相信歷史、相信常識、相信人的平等權利，並向受挾制的青年們發出「團結起來、共同戰鬥」的殷殷呼籲、聲聲號角。經由一份鉛印的小報，〈和機械唯物論進行鬥爭的時候到了〉、〈談

「純」〉、〈「聯動」的騷亂說明了什麼〉（楚寒註：「聯動」係「首都紅衛兵聯合行動委員會」之簡稱）等一系列檄文像湧泉般流瀉而出，如震風凌雨般滌蕩著一個個謬說弊政的污泥濁水。

最轟動一時的，是洋洋灑灑逾萬字的雄文〈出身論〉，這是十幾年來飽受歧視的政治賤民群體喊出的最強音。那雄闊高昂的氣勢，瞬息之間就流布四方，它高貴而堅重的批判性鋒芒，讓安坐廟堂的文士們驚惶失措，它思想的樸素的光芒，更讓無數的賤民們在蒙蔽的現實面前睜開了眼睛。人們排著長隊購買它、閱讀它、爭相傳抄它、議論它的場面，以及像雪片一樣飛來的讀者來信，成為一個報禁時代多年以來難得一見的輿論奇觀。

災殃由此而來，這場飛蛾赴焰的戰爭最終以焚書坑儒收場。在一位「中央文革小組」重要成員疾言厲色的「〈出身論〉是大毒草」的指控下，文字獄接踵而來，以筆奮戰的青年思想者束手就擒，陷身囹圄。在獄中，這個因言獲罪的文弱書生，這個二十歲就駝了背的孱弱青年受到了非人待遇，在暗無天日的狴牢裏飽受著摧殘和煎熬。

尤令我傷懷的，是他的妹妹遇羅錦對胞兄獄中遭遇的敘述：

哥哥被關在腐臭陰暗的「活棺材」裏。一米寬、二米長、雙層鐵條門，下面有一個塞飯的小口。沒有棉被、沒有一切洗漱用具。夏日蚊蠅叮咬，虱蚤遍身，三十斤重的鐐銬更添了這些「小吸血鬼」們的狂妄和自由。嚴冬，沒有火爐，寒風無遮攔地從鐵門條吹入，渾身凍得麻木生疼。一間間的死囚牢關著待死的人。有的人瘋了，吼叫聲、求饒聲使人毛骨悚然，足以使正常的人發瘋……何況還伴隨著肉體的摧殘，在兩三個月之中，哥哥和一些政治犯天天被拉到各大廠校機關去挨鬥。他們的嘴唇雖被封閉著，但哥哥每次都用他那單薄無力、久已虛弱不堪的身體，死命地向上掙，決不肯低頭。押著他的彪形大漢踢他、打他，臺下的群眾啐他、罵他；手腕腳踝全破了，鐐銬無情地蹭磨著鮮血淋漓無法愈合的傷口，每天批鬥回來，血跡斑斑，渾身青腫，活人像死人一樣被拖進牢房。

最後她悲痛地回憶道：「他全身浮腫了，忍受著疾病和酷境的折磨，忍受著刑後的創痛，忍受著精神上的種種刺激，度過了一個又一個難眠的寒冷的長夜……」。

最後的時刻到了。北京工人體育館。那一天天色陰沉，灰色的雲層沉重而淒涼地翻湧在早春的天空。在萬叢手臂高舉「紅寶書」的紅色海洋裏，在震天動地的激亢的「打倒」口號聲中，年輕的思想犯被五花大綁押在主席臺下的跑道上，套在脖子上的繩索勒得緊緊，宣判結果是「判處死刑，立即執行」。隨後在一連串淒厲的鳴笛聲中，驅車押往位於京郊南沙筒的刑場，上膛，舉槍，槍響，一顆思想的頭顱撲地栽倒在地，腦漿潑灑了一地。這一天，離他的二十八歲生日，還有一個月零二十六天。

也許最後的時刻到了／我沒有留下遺囑／只留下筆，給我的母親／我並不是英雄／在沒有英雄的年代裏，我只想做一個人。／寧靜的地平線／分開了生者和死者的行列／我只能選擇天空／決不跪在地上／以顯出劊子手們的高大／好阻擋自由的風／從星星的彈空裏／將流出血紅的黎明」

——〈宣告——獻給遇羅克〉

一位與他同時代的朦朧派詩人在目睹了當日公審場面，失聲痛哭了整整一個晚上之後，將滿腔的悲痛付與這首情淒意切的詩歌。

而據遇羅錦的自傳中透露出一個駭人聽聞的細節，詩中的最後一句「從星星的彈空裏，將流出血紅的黎明」，意指當天在北京工體剛被宣判死刑的遇羅克，立即就被推進車裏做了活體器官摘除。

三年前的一個清明節，北京郊區通州的宋莊美術館。一群知識界人士以及遇羅克的親人、生前好友來到這裏，舉行了一個簡短的遇羅克半身紀念銅像揭幕儀式。銅像的前胸鐫刻著〈出身論〉中的一句話：「任何透過個人努力所達不到的權力，我們一概不承認。」銅像的底座上刻著他的生平簡介，銅像上他那飽滿的額頭、挺直的鼻樑、清瘦的面容，和那雙英銳、深邃的雙眸，以一種遺世獨立的神態默默注視著前方，嘴角隱現出一絲彷彿沐浴在日光下的微笑，讓這個世界感受到了溫暖。

這微笑是陽光的，年輕的，一如他那如隕星飛馳、露珠凝碧的青春年華。四十年光陰如流水逝去，而他的生命卻固定在朝氣蓬勃的年紀，永不會衰朽，永不會老去。我多麼希望能夠趕到那兒參加這樣的一場儀式，在早春的北方郊外凝神肅立，敬呈我的悼文，祈禱河傾月落和白晝的光，然後獻上我無法抑止的哀思和熱淚。

往事詠懷

這些天來，我與這些如淵水深沉、如高山聳立的一眾靈魂默默地對話，傾心交流，以至幾乎忘掉了外面的世界和塵世的喧囂。我想，無論日後的歲月旅途中會有怎樣的陰霾，有這些萬古長青、澤潤生民的故事相伴，我的人生行程定然能夠免於淪墮，看到亮光。面對這些遠年的血肉人生，這些可以撫慰青春的懵懂和成年的滄桑的故事，我感受到的不僅僅是人類的超拔、生命的躍動，更深切地感受到人生和人類的苦難，以及歷史的悠漫，自然的激蕩，宇宙的無限，還有時間那恆久不已的流轉，無始無終。

我不由自主地想起了童年的一些往事，那些在我的記憶深處恍如隔世、卻又清晰如昨的場景。我在蘇北的小鎮長大，我的出生和成長像是小草的種子般，被任意地隨風飄落進了泥土裏，然後被動地適應土壤，等待著陽光和雨露。這種被動的感覺化為一種無形的壓迫感，總是纏住兒時的我，彷若遠方傳來的飄渺琴音，難以辨析。

直到一個秋日午後聽到了咚咚噹噹的鑼鼓聲。清晨，空氣中還飄拂著一團團流動的濃霧，霧在晨風中蕩漾，地面上白茫茫一片，初秋時節的小鎮因霧靄顯得深幽和凝重。晌午過後，一陣急促的鑼鼓聲陡然響了起來，那是一種尖銳而又浮躁的持續性響聲，絕比不上任何一種琴聲的清耳悅心。這聲音讓我聯想到的是，一隻周身羽毛呈烏黑色的烏鴉，淒惶地立在單薄的樹枝上，發出幽靈般可怕的叫聲，隨後撲了撲翅膀，一陣風似的飛掠而去。

這一聲聲鑼鼓聲像是催眠似的，將一家家的男女老少召喚到縣體育場去，這是八〇年代初小鎮上盛大集會的首選場地。不久後我耳聞目睹了一幕童年時期最為驚悸的場面：一字排開身穿囚衣的光頭低著頭被押解在臺上，一群手握鋼槍的兵威風凜凜地筆立在旁，一排醒目的大蓋帽在主席臺上正襟危坐，一只高掛主席臺一隅的高音喇叭巍然俯瞰著全場，場地上黑壓壓站滿的群眾有如一棵大樹上不計其數的葉子，聽任著微風吹拂臉頰，不時有人衝著臺上那些戴著紙糊高帽、胸前掛著大牌子的光頭們指指點點，那個是投機倒把的，那個是寫反標的，那個是寄掛鉤信的，那個是搞自由化的……我一邊夾在人堆裏聽著高音喇叭發出的聲罪致討，一邊惶恐地掃視著周遭的一切，只覺得那只高高懸掛、底氣十足、聲音洪亮的高音喇叭，跟街上被敲得震天響的鑼鼓一樣，讓幼小的我感到特別的渺小而又畏懼。

記得那天晚上是個月圓之夜，一輪將滿的明月高掛穹蒼，向大地流瀉出一片清輝和澄靜。可那晚入睡後不久，我便夢見一頭吼叫的獅子在四處遊蕩，一路找尋可吞吃的，我躲在密集的人群當中嚇得渾身打顫，猝不及防之間它猛地奔撲過來撕抓、咬噬了我，皎潔清澈的圓月，好似鑼鼓聲的獅子吼叫，可怖的舞爪張牙，流溢的鮮血，就這樣楔子一樣嵌入我的童年記憶裏頭，此去經年也難以磨滅。從此後我便害怕鑼鼓的響聲，也害怕人山人海、萬頭攢動的場合，它們會令我感到惶恐，甚至窒息，成為我孤單童年揮之不去的夢魘。

小鎮是一片雞犬之聲相聞的荒原，日後我終將與它作別，去往屬於我的流奶與蜜之地。我想要尋覓一處青草地，一處可安歇的水邊，這純真的夢想宛若天邊的燦燦星鬥，在前方曳引著我，那些紙糊的高帽、白色的大牌子、勒成麻花狀的繩索，以及聖雄的感召、南方溫煦的陽光已使我的靈魂甦醒，以至當我從少年時代步入青春之際，一個念頭如同山岡上的野草般在我的內心瘋長著，我想要報考法學，這被稱為正義之學的專業，然後，成為仗義執言的律師。年少的我無力推倒那堵堅固聳立的高牆，也不屑成為鐘鳴鼎食的達官貴要，或摧眉折腰事權貴的俗徒，在一個貴賤分明、尊卑有序的社會中，我決定永遠地站在低賤者和卑微者這一邊，為那些被侮辱與被損害的群體代言。在一片荒涼的廢墟上，我的內心翻騰著隆隆的春雷，憧憬著奔向前方。

過了很多年之後，具體地說是在我的法律職業生涯當中，我經常地走近這樣的一個群體，他們當中的一部分人成了我的當事人。在人群中他們輪廓分明的形象，時隔多年，仍然如此清晰地烙印在我的記憶深處：他們通常衣衫襤褸，面貌滄桑，形容憔悴，像一株株被驕陽暴曬得蔫了的植物，在疲怨和窘迫中期盼著甘霖。他們臉上的皺紋裏隱藏著苦痛，疲倦的眼神中漂浮著冤屈，他們走過了一個又一個的鄉村和城鎮，尋訪了一處又一處的機關和單位，歷經了千辛萬苦來到了城市中央，他們的身影在川流不息的汽車和櫛比鱗次的高樓面前，比街上揚起的灰塵還要渺小，還要輕賤。他們彷彿陷入命運在暗處布下的沼澤地，越是掙扎陷得越深，任是走不出困境。他們卻不甘願啞忍、順服、聽天由命，有淚往肚子裏吞咽，而是選擇了哀告、哭訴、四處求援，做有聲或無聲的各種努力，就像一些固執的冰雕，飽經風霜也不願意融化，更像是自不量力的雞蛋，執意要撞向堅硬的高牆。

於是城市裏的人們經常可以見到這樣的一幅景象：總是有那麼一群人，會在一些門庭曠闊的機關大門外徘徊，他們通常身著黃衣，舉著紙質或木製的牌子，甚至橫幅，手上捧著一大摞狀紙材料，面容愁苦、神色焦急地在那兒張望，等待，期盼著傾聽和接待。那大門口通常駐守著身穿淡綠色的保安，以及荷槍實彈的警衛，並隨時會有迅疾趕來的援兵，以務必確保這支威武與文明之師禦守陣地，不失城池。明光鋥亮的小轎車擦肩而過，枯黃色的通勤車魚貫雁行，大街上接踵比肩的行人漠然遙視，城市在這樣一個群體的眼中既真實又模糊，他們已融入其中，卻又好像置身事外。他們總是會將熱望的眼光投向那明亮的大門，卻不知那大門與城市是心心相印、息息相通的，對他們貌似親切、友善，實際上卻是冷淡、隔膜，甚至會隨時拒之門外的。他們也許知道，也許不知道，陽光下危險雖然看不見，但卻無處不在。

在一片和諧、繁榮、歌舞升平的境象裏，我看到眾多的危險早已在不遠處布設，專為等候這群四處奔波的人群：收容所、拘留所、勞教所、看守所、黑監獄，甚至還有以人道救治為設立宗旨的精神病院、以獲取知識為開辦名義的學習班。它們像是直鉤垂釣、意氣自若的姜子牙，更像是一張張巨大的尼龍線繩製成的漁網。我不止一次看到不肯俯首於巨浪的魚兒在掙扎，在浮沉，將絕望的呼號鐫刻在天空和水面之間。與這些束手就困的魚類一樣，身為法律人的我，同樣脆弱得不堪一擊，什麼樣的正義也維護不了，在巨大的漁網面前，我僅僅是一根水草，我的辯詞不過是輕如鴻毛，我立志為這一群體服務並維護權益的夙願一次又一次地鎩羽而歸。

然而這曾經親身目睹和經歷的一切，也給了我異乎尋常、銘心鏤骨的人生體驗，培育了我對生命愈加的熱愛和敬畏。濕地裏一莖飄搖的蘆葦不會讓我感動得哭泣，卻能讓我在面對它的柔弱時誠心地珍愛。我至今都懷念那些曾與我一道四處奔波的苦難的人們，以及我曾從不同渠道獲悉並且關注的不幸人群，彷彿他們都跟我同休共戚，禍福共之，如同搭乘同一條船在淒風苦雨中渡河一般。多年來身處異鄉的我，在殘缺破損的現實的驅使下，不由自主地去尋求良善和真理的彼岸，去尋找我魂牽夢縈的心靈上的故鄉。這讓我重新傾注了對世界和人類的滿腔熱情。

我漸漸地、漸漸地明白到，人作為天地間的生靈，有如一莖弱不禁風的蘆葦，軟弱無時不在。但總有一處超越世俗的明亮之地和光明之谷，在這兒壓傷的蘆葦不被折斷，叫一切的不幸和苦難得到安慰，並且珍重世上那些卑賤的、困苦的和受壓制的人群。而人類，原本是生活在河清海晏的伊甸園裏的，那裏有絢麗雲彩般的自由和平等，無花果和佳美的香柏樹為人而長，人會得到眷顧和豐盛的慈愛。因此，人渴望解除所負的重軛、枷鎖，以及衍生挾制的等級秩序，是理所當然而又不容侵犯的，那只是恢復人原本的生存狀態而已。這是一個超越於人間一切法則之上的神聖法則。如今這崇高的法則安靜地躺在我的血管裏，在時光裏慢慢流淌，永不枯竭。

寫於二〇一一年十一月至二〇一二年四月

當我路過廣場

一

我以為埃及離我很遠，遙遠得如同另一個世界。以前只在書本裏讀過有關埃及的故事，在現實生活中，我從沒見到過任何一個埃及人。

直到上周六下午乘坐灰狗巴士趕到舊金山，參加在市立總圖書館舉辦的「程寶林文學創作三十周年研討會」。當我路過市政中心廣場的時候，看到了一群阿拉伯姑娘，頭紮淡黃色頭巾，圍成一個圈翩躚起舞、拍手、唱歌，一派歡慶氣氛。另有一些阿拉伯小夥子三三兩兩地四處走動，有的揮舞著國旗，有的高舉著同時寫有英文和阿拉伯文的標語牌「埃及自由了！」，有的高舉起一幅畫像，上面是一張近期在媒體上頻頻露面、繃得緊緊的臉龐，臉下方是一個大大的「NO」——這不就是近來在埃及民眾大規模的示威之下，上周五倉皇下臺的那個穆巴拉克嗎？

不用說，眼前是一大群埃及人。他們，在異國他鄉慶祝自己國家歷史性的一刻。他們的喜悅感染了我，讓我的內心被一種既奇異又美妙的感覺浸透，一種目睹歷史、參與歷史的感受。我第一次覺得自己的心，跟萬里之外那個遙遠的北非大國靠得很近，很近。

我停住了腳步，廣場上人頭攢動，音樂噴泉的旋律在廣場上空回蕩著。一個眉清目朗的埃及小夥子在向路人派發傳單，我順手接過了一張，醒目的標題映入眼簾：「二〇一一埃及，數千萬人歷史性地站立了！」。習慣性地道了聲謝，覺得還不夠，我又笑著對他加了一句：「祝賀你們！」燦爛的陽光像鯉魚般灑在這群埃及青年男女喜樂的面容上，歡快地跳躍著。這個早春午後已將我擄獲。

過去的幾個禮拜，電視、報紙和網絡上的新聞，繼突尼斯之後鋪天蓋地地報導埃及的局勢。埃及各大城市的中心廣場上，黑壓壓的人群集會抗議的場面，連續占據著各種媒體的頭版要聞。荷槍實彈的軍警嚴陣以待，與示威的人群陷入僵持狀態，首都開羅甚至一度坦克開上了街。危局一觸即發。

情勢的突變出人意外。當示威進行到第十八天，這個數十年來依靠軍警統治表面上看起來固若金湯的政權，讓人難以置信地在人民力量面前，轟然倒下。穆巴拉克下臺的消息公布後幾分鐘，尼羅河大橋上的汽車紛紛響號，開羅的解放廣場上歡聲雷動，喜出望外的人們奔走相告：「他走了！他走了！終於結束了！」民眾的歡呼聲響徹雲霄，一個時代結束了。古老的埃及，開啟了歷史的新頁。

不少密切留意埃及局勢進展的西方媒體驚訝得目瞪口呆。上周五，英國一家媒體其中一篇報導的標題赫然是：「我們錯了！」。文中說，西方許多資深的國際政治分析家這回都跌了眼鏡，原以為埃及的軍政當局會強力鎮壓，把示威民眾趕跑，誰知最終被趕跑的，竟是鐵腕掌權長達三十年的獨裁者。僅僅十八天！看得出來，它難掩內心的喜悅——這恐怕是西方世界長期以來推行「自由民主」價值觀最迅捷的成果了。世界各國睜大了眼睛，注視著這個非洲的文明古國。

在我們的生活中，能夠有幸目睹歷史性事件發生的機會是很少的。現在就是這樣一個重要的時刻。埃及人民已經發出了聲音，他們的聲音被聽見了，埃及將從此改變。……埃及曾經在超過六千年的人類歷史中發揮過關鍵作用。但在過去幾個星期，當埃及人民要求普遍的權利時，他們推進歷史的車輪向前的步伐快得令人目眩。我們看到母親和父親肩上背著自己的孩子，向他們展示真正的自由是什麼模樣。

在電視上看到歐巴馬的聲明，這位出身非洲裔的美國總統的講話動人而又誠懇：「美國將繼續是埃及的朋友和合作夥伴。我們隨時準備提供必要的幫助，並要求和期待可信的向民主的過渡。」也許，埃及人民「他們的聲音被聽見了」、埃及「向民主的過渡」，怕是很久很久以前早就已經註定的吧？《聖經》上記載：「耶和華說，我的百姓在埃及所受的困苦，我實在看見了。

他們因受督工的轄制所發的哀聲，我也聽見了。我原知道他們的痛苦。……只因耶和華愛你們，又因要守他向你們列祖所起的誓，就用大能的手領你們出來，從為奴之家救贖你們，脫離埃及王法老的手。（《舊約全書‧出埃及記、申命記》）」

歐巴馬先生，你覺得呢？

二

紐約中央公園內有一座高大的巨型石碑，來自埃及，叫做「方尖碑」。它是以整塊的花崗巖雕刻而成的，外形呈尖頂方柱狀，由下而上逐漸地縮小，頂端形似金字塔的尖部。當旭日東升照到方尖碑的尖端時，它就像耀眼的太陽一樣閃閃發光，讓遊客仰望著的雙眼眩目、驚嘆。

這塊方尖碑已經矗立在那兒將近一個半世紀了。早在一八六九年，為紀念蘇伊士運河開通，當時的埃及總督將它作為禮物贈送給了美國。它的年歲嘛，更久遠也更令人咂舌——距今已經四千多年了！遠古時代的法老們，在大赦之年或炫耀軍事勝利時，總要建造一座方尖碑，在它的四面刻上象形文字，成對地豎立在神廟塔門前的兩旁。

隨著歲月的流逝，紐約的這塊方尖碑逐漸變得古舊、龜裂和剝損，尤其是那上面的象形文字，幾乎已經被磨掉了。這，讓埃及古文物最高管理委員會秘書長為之心痛不已，他曾致函紐約市市長，「我對它的嚴重損害感到無比難過，我們希望能挽救它遭受毀滅的命運。」

紐約中央公園裏的方尖碑使我聯想到巍峨的金字塔，神秘的獅身人面像，可怖的木乃伊，和孕育了人類最古老文明之一的浩蕩的尼羅河。它的老舊、磨損則讓我想到一個令人痛心的命題——越古老的民族或文明，越落後。

原因呢？不外乎這麼幾個：有人認為越是古老的民族、文明越容易為傳統所累，歷史包袱重，越容易固步自封，而不願革故鼎新；有人認為因為它對自身古老文明的優越感，反而阻礙了它進一步的發展；有人認為是後代統治者的低劣殘暴，破壞了古老文明美好典雅的遺跡；有人認為是因為現代文明理念在它們身上，遭遇了比較頑固的抵觸、抗拒……

種種解釋均言之有理、有據，沒有人能簡單回答。但幾乎可以肯定的是，每一個擁有古老文明的國家、民族或地域，在人類歷史進程邁入到現代社會之後，都不約而同地走向了衰落，甚至消亡，尤其是在政治文明領域的步伐，裹足不前。它們呼喚自由，卻換來嚴密的社會控制；它們向往民主，卻墮入暴政的萬丈深淵。方尖碑，既是文明保存的象徵，也是文明頹敗的縮影。

那麼，眼下的這場埃及百年巨變，會不會成為這個文明古國由此轉入現代文明的契機呢？會不會，讓古埃及文明的遠年光華，在二十一世紀的第二個十年重新閃爍？再進一步，人類政治文明的光芒，能否就此漸次臨照那些古老的土地，讓那些積累了深沉歷史力量的古文明，在新的世紀，重新散發出迷人的光澤？

只能謙卑地期待著。並且有理由這麼期待。時光已來到當今這個信息暢通到無遠弗屆的時代，地球上那些古老的民族或文明，再也不應被現代文明所遺忘了。它們在與蒙昧與野蠻的抗爭中，需要關注，需要扶持。

我真的很在意，身為同樣來自文明古國的後人，我很在意方尖碑是否會遭受毀滅。我更擔心的是，人們對它的漠不關心——它需要關注的目光，需要扶持的手臂。畢竟，古跡的魅力如同古文明，是永遠不可能被新的東西所替代的。缺少了方尖碑的紐約中央公園，定然是淺薄而空虛的。

三

當穆巴拉克的總統專機——不，一架普通的直升飛機，在距離開羅四百公里的紅海度假勝地夏姆錫克降落的那一刻，許多年長的埃及人會聯想起一九七三年，時任空軍司令的穆巴拉克親駕戰鬥機轟炸以軍的一幕。那是在第四次中東戰爭之中。當年的穆巴拉克意氣風發，他被委為「十月戰爭」的最高指揮官，參與了整個戰爭作戰計畫的制定和指揮，重創在前三次中東戰爭中屢勝不敗的以色列軍，達到他個人軍旅生涯的高峰。八年後，繼任總統，開始執掌中東地區最顯赫最令人生畏的權力。

三十年後的今天，貌似強大的穆巴拉克帝國卻走到了窮途末路。元首走下飛機的這一刻，沒有鮮花、掌聲、勛章和歡迎的人群。有的只是，瑞士外交部的聲明：瑞士政府下令凍結一切屬於穆巴拉克及其隨從的資產；總檢察長的公告：凍結穆巴拉克及其家人在國內的所有動產和不動產；過渡政府的文告：禁止穆巴拉克及其家人離開埃及。當年的「中東雄師」在埃及國內軍、政兩界眾叛親離，惶惶不可終日。

穆巴拉克更沒有想到，多年的盟友及靠山美國這次在他權位勢危之際，竟然沒有伸出援手。辭職下臺的前一天，他在與一名以色列議員通電話時大發牢騷，指斥美國「不懂民主」，自己下臺後國內騷亂不會停止。除了他以外，很多人對美國的態度也感到不解，不過是從另外一個角度去看問題——你們美國不是要在全世界輸出民主嗎？在獨裁者下臺之前、埃及民眾的抗議怒潮持續進行的時候，你們對埃及局勢的表態為何總是立場含糊、措辭曖昧？更想要問的是，矢志推廣民主的你們美國，為什麼要與一個獨裁政權保持了長達三十年之久的「鐵桿盟友」關係？這，就是你們推銷的「中東民主改造計畫」嗎？

美國人回答不出來。不但回答不了，而且還會面露窘相。美國不會不知道穆巴拉克政權暴虐的一面：在他統治的三十年當中，埃及經濟長期低迷，民生日漸凋敝，在貧窮線徘徊的人口，高達四成；而穆巴拉克家族聚斂的財富，卻是天文數字，直追世界首富；更可怕的是，他倚重軍隊和警察系統有恃無恐地採取高壓統治，人權不彰，腐敗叢生，壓制媒體，打壓言論自由；他將因前總統遇刺於一九八一年頒布的臨時性的緊急狀態法案，硬是不顧各界的批評反對持續實施至今；他將對其執政集團進行監察或批評的記者、牧師、活動家和普通民眾，扔進監牢，酷刑相加。

明明知道穆巴拉克是一個現代版的暴君，卻不遺餘力地予以支持，豁免債務，培訓軍官，提供軍援，待之以國家元首禮儀，這不是一句外交辭令「穩定中東局勢」就能搪塞得過去的。歐巴馬的前任小布希任內一面提出「建立民主制度的大中東計畫」，一面卻又支持埃及、約旦、巴林、阿聯酋、沙特阿拉伯和其他地方的中東獨裁者。以前的支持和如今的譴責將美國的自相矛盾突顯無遺。面對質問，當然回答不出，而且面露窘相。

美國人的無言以對還有其他的原因：他們當中的許多人心安理得地認為，穆斯林主導的社會由於錯綜複雜的宗教情結、以及軍警和情報部門強大的影響力，無法實行民主，也不願推行多元化的社會政治體制。他們還天真地以為，穆巴拉克式的獨裁強人統治，或許真的有助於穩定動蕩不安的中東局勢呢。倘若這種政權更叠的話，換上極端的伊斯蘭教派上臺掌權，那麻煩可就大啦。更重要的是，只要這些主政者能夠保證美國的石油供應，只要他們別對以色列強硬，別對美國偏袒以色列的做法有所不滿，美國人同意他們維持現狀。至於民主不民主，暫時先放到一邊吧。

這樣做的結果如何？令人遺憾。在這樣的思維主導下，長期以來在中東的阿拉伯世界，形成了一種頗有「成效」的暴政專制模式——讓人覺得，一種穩固的專制統治形式似乎已經落地生根，並將長期維持下去。這種模式，讓統治集團自鳴得意，讓御用文人大肆吹捧，讓中東地區在二戰後世界不同地區掀起的一波波民主化浪潮面前，巋然不動。

這種所謂的「阿拉伯模式」，在曾被派駐黎巴嫩多年的《紐約時報》記者托馬斯・弗里德曼看來，卻很不以為然，他對之有個形象的比喻，叫「水溝油」體制——這些中東產油國的龐大石油收益成了專制政權、皇權的資本，他們一方面用金錢收買人民，不要意圖改變現狀；另一方面則建立起強大的專制國家機器，將任何異議及反對者鎮壓下去。

可是你知道水溝油再怎麼美味可口也是有害健康的。在烏雲密布的死寂之中，總有未曾絕望的人心在隱隱地萌動，在長年的暗夜裏，渴望著撥雲見日的那一刻。時光來到二〇一〇年歲末，突尼斯一個無照小販的自焚點燃了人們心中的怒火，成千上萬的人走上街頭，走向廣場，從一個國家波及到另一個國家——突尼斯、埃及、也門、阿爾及利亞、巴林、利比亞、約旦、沙特阿拉伯、敘利亞……，發出同樣的聲音：「受夠了！」千千萬萬隻雞蛋撞上堅硬的高牆，人們用胸腔的力氣在呼喊：「自由！自由！」，埃及年輕一代的喊聲更是直截了當：「穆巴拉克下臺！」

穆巴拉克，這個曾經受到萬民仰慕的英雄人物，被前總統薩達特稱讚為「我們祖國人民的靈魂的代表」，在這個時候成了一個邪惡的符號。千千萬萬個埃及人向他、他的家族和他的裙帶集團發出了毀滅性怒吼，數千年前古埃及堅韌、樂觀的民族精神重新煥發，並且，帶給二十一世紀人類最激動人心的革命篇章。

他的下臺，讓埃及民眾在從三十年暴政的噩夢中驚醒過來之後，不禁捫心自問：燦爛的尼羅河文明，絢麗的古埃及文化，究竟中了什麼邪，會一頭跌進這種殘暴、腐敗、僵化、政治管制空前嚴密的罪惡淵藪之中？在一個以人民喜歡熱鬧、聊天、聚會和表情豐富、詼諧幽默而聞名的國家，究竟造了什麼孽，讓人民像那個沉默寡言、面容繃緊的現代法老一樣變得寂默而又抑鬱？

親美的穆巴拉克被人民趕下臺，為中東地區腐敗的強人政治敲響了喪鐘，也為美國迄今為止的中東政策敲響了警鐘——美國對阿拉伯威權統治者的妥協、縱容和支持，在道義上是站不住腳的。不僅如此，還會引起這些國家在信息時代迅速成長的公民社會的敵意，甚至於，滋生美國所不願意見到的極端主義。美國人勢必要回顧檢討自己的來時路，在內心和自己進行一番辯駁：如何在實現美國的外交目標——實現中東和平、駐軍波斯灣、保證石油市場及反恐合作上，與推廣自己提倡的民主人權價值觀方面，取得一個平衡點？換句話說，如何能做到同時兼顧自己的現實利益與價值理念？更進一步，如何展開富有成效的宗教對話乃至文化對話？是否應將目光放長遠，而不是只盯著眼前，從而致力於推出中東地區長久的和平政策？

我在一臺專用售報機面前投幣，買了份當天的《華盛頓郵報》，剛翻到評論版就被一篇評論吸引住了。文章的作者，是美國前一任國務卿，賴斯。她回憶起自己於二〇〇五年訪問埃及時在開羅一所大學的演講，曾經這麼反省過：

我們應該展望每個政府都能尊重公民意願的未來——因為民主的理想是普世的。六十年來，我的國家——美利堅合眾國——在中東以犧牲民主為代價尋求這個地區的穩定。但結果是雞飛蛋打，我們既沒有推進民主，也沒有贏得區域穩定。

今天，重歸學者身分的賴斯已經徹悟：

暫時的動蕩不安要遠遠勝於建立在專制基礎上的虛假的穩定，美國應當支持民主政府……相信在歷史的長河中，世界各國人民共同懷有的民主理念，將比一時的動蕩更加持久、更加有著積極的意義。

賴斯曾經痛苦的反省，和今天的徹悟，讓我的心頭微微一震。誰說自大的美國人，從來不曉得自我反省？我相信，今天這場變革所展現出來的信息時代的力量，和普通人心的力量，應更能觸動美國人深自反省。而這樣的反省，在我看來，不僅僅屬於美國人，也不僅僅屬於埃及人。

四

埃及變革上承突尼斯，下啟也門、約旦、巴林、阿爾及利亞、沙特阿拉伯、利比亞等國，這股形同多米諾骨牌效應的阿拉伯世界民主浪潮讓人看得眼花繚亂，媒體將之冠名為「中東波」。

這一名詞，讓人自然而然地聯想到，上個世紀末那場蔚為壯觀的民主化浪潮——一九八九至一九九一年的「蘇東波」，即，前蘇聯和東歐各國的劇變。當時的西方社會歡呼雀躍，社會上彌漫著喜慶的氛圍，因著目睹了劃時代的場景一幕接著一幕：兩德統一，蘇聯解體，東歐變革，華沙條約組織解散。長達近半個世紀的「冷戰」時代，以西方的自由民主體制獲勝而劃上句號。目睹此情此景，日裔美國學者弗朗西斯・福山在一本書裏，以自信且肯定的語調，直截了當地向世界宣告：

> 二十世紀八〇年代世界上發生的重要政治事件不僅僅是冷戰的結束，更是歷史自身的終結：歷史的演進過程已走向完成，自由、民主和市場經濟的制度，是「人類政治的最佳選擇」，並即將成為「全人類的制度」。

這，就是「歷史終結論」。福山出版這本著作的時間，是一九九二年。可是，一九九〇年代動蕩不安的世界局勢，讓福山下的結論頗有些尷尬，它所呈現出來的，似乎是一幅並非「歷史走向終結」的畫面：在歐洲，持續十年的巴爾幹危機，最終以科索沃戰爭收場，數十萬人在內戰和種族迫害中喪命；在非洲，盧旺達大屠殺慘絕人寰，逾百萬人遭到有組織的大屠殺、流離失所、霍亂、痢疾；在亞洲，印尼排華暴動震驚世界，數千名居於印尼的華人慘遭殺害、強奸、打砸搶燒……

在沉重的現實面前，福山的觀點遭到了來自各方面的質疑、反駁、批評和嘲弄，甚至被人宣告破產，這其中包括他攻讀博士時的導師之一、哈佛大學的政治學系教授亨廷頓。在一九九六年問世的《文明的衝突與世界秩序的重建》一書中，這位學者對他昔日的學生毫不留情面，他針鋒相對地反駁道：「歷史非但沒有終結，我們即將步入文明的衝突。」他的理由是：「未來世界的國際衝突主要是不同文明的衝突，而不是意識形態或經濟的衝突。世界變小了，不同文化的接觸會產生磨擦，而文化差異是不易改變的，對相同文化的喜愛和對異類的憎惡是人的天性，因此，文明衝突是未來世界和平的最大威脅。未來趨勢是，西方大國主導的時代在終結，新興大國反西方並偏愛自己的文化規範，以內部文化價值作為個人和政治認同日漸重要。在不同文明間，尊重和承認相互的界限因此也更重要了。」

亨廷頓的觀點帶有預言的味道，至於「未來世界的國際衝突主要是不同文明的衝突，而不是意識形態或經濟的衝突。」的著名論斷呢，其實你知道的，他的潛臺詞顯然是，「自由、民主、市場經濟並非歷史的終結」。

不用說，西方的學術界乃至政界因為多半持有「西方中心論」的緣故，原本天然地傾向於福山的「自由、民主體制和市場經濟已經獲得勝利」的論述。但是，二〇〇一年「九一一事件」的爆發、十九個阿拉伯青年駕機衝撞世貿大廈的世紀劫難，加上其後美國發動的兩場戰爭、及美國與伊朗之間的緊張情勢，卻印證了亨廷頓的「未來世界的國際衝突主要是不同文明的衝突，而不是意識形態或經濟的衝突。」恐怖主義威脅著美國和西方國家以至全球，伊斯蘭原教旨主義文明與基督教文明爆發了激烈衝突。

於是，一個政治學中民主化領域的新名詞應運而生，叫做「阿拉伯例外論」，就是說，自由、民主、市場經濟並不是阿拉伯國家的終極政治選擇，阿拉伯世界的文化結構和國情民性獨特於普世價值之外，是世界潮流的一個例外。這一「阿拉伯例外論」，也被一些經濟新興的威權政體國家引為己用了——它們宣稱，自己，也是「例外」的。

看來還是當老師的棋高一著。二十一世紀的頭十年，亨廷頓的學術鋒頭一時無兩，甚至他的理論信用度被抬高到「亨廷頓一說話，全人類都傾聽」的地步，他和他的著述在許多地方受到熱情的贊賞，他的論文不時被人引用，他的書被擺放在書店的顯眼位置。有人認為他為人們把握冷戰後的世界政治格局，提供了一個準確的理論框架；有人認為他的理論可以幫助人類投入更多資源，到衝突上升的地方中去；而二十一世紀以來世界上新的衝突所帶有的文化和宗教的色彩，也印證了他的理論；一些國家的政府則翻出他早年強調「權威主義」的論述，讚譽有加。

「贊賞亨廷頓」的人和政府沒有預料得到，在二十一世紀的第二個十年剛剛拉開帷幕之際，突尼斯的茉莉花革命開花結果，埃及的蓮花革命綻蕊結繡，中東地區上演了一臺讓人目不暇接的世紀大戲。阿拉伯世界的各國民眾群起雲湧，人們走上街頭和廣場，舉起手臂和拳頭，高呼口號和訴求，瞬間傳遍全球的電視畫面，傳遞出一個清晰的訊息：追求自由、民主、人權、法治，才是人的天性，對同質文明的喜愛和依賴並不是人的天性。廣場上萬頭攢動的場面告訴全世界：在全球民主化的浪潮中，阿拉伯世界並不例外。人們用腳步和喉嚨給獨裁者上了生動的一課——暴政，不能長存於世。

和許許多多的同時代人一樣，我在一個填鴨式的教育體制和人文環境之中成長，教科書裏反反覆覆地要我記住「國情特殊論」，站在講臺上的老師對我諄諄教導「警惕西方價值觀」，媒體上引用亨廷頓的觀點告訴我，「轉型國家應當強調權威主義，政治上的獨裁才能確保這些國家成功度過轉型期」。但是，在二十一世紀的第二個十年剛剛開始的時候，我目睹了中東地區民眾爭取自由的群情洶湧，我看到了不屈不撓的人類抗爭精神。不管是已經變革的突尼斯和埃及，還是此起彼伏起而抗爭的其他國家，千千萬萬的普通人就像破土而出的幼芽般生機勃勃，站出來力圖掌握自己的命運，也在書寫時代劇本的動人篇章。我的心被震撼，並且感動。

在舊金山市政大廳的廣場上，看著眼前這群興高采烈的埃及青年人，我的內心有種直觀的震撼，並且，深深地感動。

五

對於埃及人來說，這是近三十年來發生的規模最大的一次民主化運動了。上一次，是一九七七年的「麵包暴動」。當時的埃及政府當局計畫取消對面粉、米和食油的津貼，觸發數以十萬計民眾上街抗議，歷時兩天的抗議最終迫使政府讓步，將取消津貼的計畫擱置，不予實施。這一次，埃及民眾將抗爭提升到言論自由、民主政治層面，並且喊出前所未有的口號：「獨裁者下臺」、「埃及的未來由我們決定」——一場目標更大的民眾運動，一項更加複雜、艱巨的歷史任務。

作為一個二十世紀七〇年代生人，在看過一九八〇年代以來、許多亞洲國家民主轉型後的艱難歷程之後，我不會天真地以為埃及的威權政權倒臺之後，前途將會一片光明。我看過韓國民主化之後的政商勾結、政壇貪腐醜聞不斷；我看過臺灣解除戒嚴、開放報禁黨禁之後的黑金政治、族群對立；我看過泰國實行君主立憲之後軍人干政的亂局頻生；我看過菲律賓式的「低民主密度」……如今我知道，知道那只不過是個艱難的起點；我也知道，變革後的埃及還有長路要走——自由公正的選舉、政黨政治、新聞自由、教育體系、司法獨立、成熟的公民社會……這些都需要時間，需要開拓、摸索和不斷的提升。但路再怎麼崎嶇漫長，前方總是令人期待和憧憬的。畢竟當人民起來告別暗夜迎來黎明之後，國家已獲得新生。今天已創造了歷史新紀元的文明古國啊，她的未來，必然同樣值得世人引首以望。

我在二〇一一年的早春來到舊金山，一個以多元文化和人文思潮聞名於世的海濱城市。街上車水馬龍，人們行色匆匆，空氣中彌漫著花香和海潮的氣息。我行走在這塊六十多年前曾經簽署了《聯合國憲章》的地方，想起憲章序言裏的一句話，「重申基本人權、人格尊嚴與價值」，心頭湧動著一股熱流。

六

市政中心廣場上的音樂噴泉湧動起來了，水花不時變換著各種形狀上下翻騰，和著音樂的旋律起舞蕩漾。街對面有教堂傳出吟詠贊美詩的合唱聲，那歌聲忽高忽低，細聽可辨，「求你靈來，賜我自由。主恩典何等美好，給我未來的盼望。」在悠揚的歌聲中，一群海鷗不知從哪飛來，聚集在廣場的草坪上，輕閒自在地站立著，當它們發出嘎嘎的聲音觸我耳鼓的那一刻，我才猛然意識到，我該「出埃及」了。

春日午後的陽光熱烈而又慷慨，使廣場的地面上浮泛著一片明麗的紅暈，好似雲層在湧動。
陽光籠罩下的市政中心廣場，歡快得像是踮起足尖的舞者旋轉。
我將埃及小夥子遞給我的傳單放進背包，準備帶回去，好好收藏起來。

寫於二〇一一年二月十六日至十九日

一個書店的身影

昆明的翠湖邊上有條小路叫文林街，街面不太寬闊，略帶些坡度，走在街上，不時會感到有風從翠湖上吹拂過來。毫不起眼的一條街，卻讓許多文化人心馳神往，因為這裏，是當年西南聯大師生最常來的地方，陳寅恪、沈從文、傅斯年、羅常培、湯用彤、殷海光……一個個學格高潔的身影曾在此講學談文、縱論世事，讓那清風和湖水也顯得更嫵媚、更有一番文化氣象了。

以前在昆明就讀，文林街是我常去的地方，那個時候我不知道，日後離開這座城市，這條街還會時常在我的心頭浮泛。

昨天，原本預備了一整天趕赴舊金山辦事，沒料到過程順利，意外地多出了一個下午的時光。返程時，腦海中突然想到將要途經柏克萊，不由精神一振——我終於有機會去那看一看了，也是去看浮泛在心頭許久的一條街。

我就這樣來到了電報街（Telegraph Avenue）。

這條街不難找，找到加州大學柏克萊分校的南門，再往南走不多遠就到了。然後，整條街向著西南方向延伸、張望，足有數英里之長。柏克萊大學城建造在山上，可這條街卻很平緩、齊整，並不怎麼陡峭。這條據說是柏克萊最熱鬧的街道，吸引著柏克萊分校的學子們前來流連，也迎接過米沃什、布羅茨基、金凱德、愛特伍……一個個英逸孤銳的思想流亡者來此駐足，給寂寞的山坡、喧嘩的長街增添了另一種風情。

這條街的街道兩旁，風格迴異的各式店鋪在斑駁的樹影下貼鄰佇立，熱情，歡快，向路人行注目禮。每一家店鋪的外觀造型、門面裝飾乃至於懸掛於店門口的風鈴，都有一種獨特的雅致。

可是最吸引我的，卻是一個店門緊閉、門庭寥落的店鋪——哦不，是一家書店，它的名字，叫柯笛書店（Cody's Books）。

早春三月的太陽和暖而清新，陽光灑向列於街頭高大成株的橡樹投映在路上、牆上，紅光綠影交相輝映。各色鮮花鋪滿了街道，微風徐來，樟腦球和薄荷的味道與花香一道飄蕩在空氣中，沁人心肺。酒吧裏傳出的球賽聲、露天咖啡座的聊天聲，和街道上穿梭人群的歡笑聲腳步聲匯合在一起，將整條街襯托得更加生氣、活潑。午後的電報街不寂寞。

也是一個春日的下午，原籍波蘭的流亡詩人米沃什受邀來到柯笛書店，出席為他舉辦的作品朗讀會。米沃什在讀者們熱切期待的目光中走上講臺，用英文談了自己在二戰期間參加反納粹運動的經歷，還當眾朗頌了自己青年時代的詩作《使命》。這一年，是一九八一年。五個月前，米沃什剛剛榮獲上一年度的諾貝爾文學獎。

幾年後，同樣在這家書店的二樓，另一位與米沃什有著相似經歷的流亡詩人，來自蘇聯的布洛茨基——日後成了諾貝爾文學獎自加繆以來最年輕的得主，也受邀前來柯笛書店演講。布洛茨基對著坐滿書店二樓座位的讀者談文學、談詩歌，甚至還談到了美學。他以自信的口吻闡述了一個觀點：詩人改變社會的方式是間接的，俄國人之所以不用社論的語言講話，而用普希金和涅克拉索夫的語言，這就是詩人的榮耀。文學為社會提供某些標準，應該是社會來模仿、追隨詩人，而非相反。

兩位流亡詩人因為柯笛書店結緣，均稱許對方為「我們時代一個偉大的詩人」，日後還成了惺惺相惜的詩友和文友。柯笛書店將倆人當日的演講實況製作成錄音帶，永久地保存了下來。後來，捐贈給了柏克萊分校的圖書館。

兩位因對極權主義不滿而流亡海外的文化人，在異國他鄉成了座上賓。兩場演講會上聽者甚眾，就連書架間、樓梯口都擠滿了或站立或坐著的讀者，有的人從別的州遠道趕來，只為了想親眼見到自己喜愛的作家一面；一家書店不滿足於單單只進行圖書銷售的業務，還懷揣著一份人文情懷，自覺擔負起傳播文化的職責，要成為一個高品位的文化沙龍，為讀者提供一個文化交流與對話的場所。這樣的場景讓兩個背井離鄉的中老年人覺得，當年走上流亡之路歷盡艱辛來到這個國家，值得。

可是選擇流亡是要付上代價的。對布羅茨基來說，當年被蘇聯政府將他硬塞上一架飛機、強行驅逐出境還算不了什麼，但後來當局屢次拒絕這個「社會主義寄生蟲」年事已高的父母出國，跟他們至愛的獨子團聚，布洛茨基與日夜掛念他的雙親直到二老相繼離世，終是緣慳一面。而生活在紐約，常年親身感受美國的流行文化，布羅茨基對此流露出悲觀情緒：「我們生活在一個瘋狂的社會，這個社會將文化當成了商品。它就不停地需要出書、出書、出書。由於這個遊戲，文化步入了死胡同。」

至於米沃什，他雖從波蘭駐法大使館官員任上離職出走、自我放逐，長年遠離故土卻始終心繫波蘭，仍將波蘭民族視為自身精神皈依之所，思鄉情緒宛如扎在胸口的一把利刃，刺痛得他常常輾轉難眠、夜不能寐。米沃什有進行英文創作的能力，但他堅持用母語波蘭語寫作，結果呢，因為波蘭政府對他的著作禁止進口，導致波蘭人看不到他的書，美國人又讀不懂他的作品。哎，數十載深藏內心的困惑、失落、失去讀者的孤寂、以及離開母語文化的徬徨無依，是流亡詩人擺脫不掉的命運。

我來到柯笛書店的門口，只見書店的門窗緊閉，大廳內猶如枯井般的一片漆黑。方方正正的白色字體英文店名倒是很顯眼，卻是孤單地粘貼在大門的正中。

門口石級幾處裂痕依稀可辨，牆角衰草沿石縫而長，攬合在幾叢青苔裏。寬大開闊的大門的兩側栽種著兩株參天梧桐，開著略帶暗灰色的綠葉，幾叢樹椏提不起勁似的伸向天空，枝葉均顯得有些瘦弱、落寞。

一隻棕尾白毛的鴿子悠閒地在門口踱來踱去，發出咕咕的聲音，走幾步點一下頭。和煦的春風輕輕柔柔地吹著，從街道上捲起一陣塵土，空氣頓時變得渾濁起來，大片的塵埃懸浮在空中四處蔓延。店門口門庭寥落，幾乎與地面平行的門前臺階上覆蓋著一層灰塵，隨風輕旋。

可是這個開闊的門庭，並不總是這麼寥落的。作為文化的載體，書店與樹木一樣有時興旺，有時蕭條。

興旺的時候，書店的顧客人數持續增長，創辦人柯笛先生夫婦、繼任人安迪先生夫婦不斷地將店面面積擴增，接連在舊金山灣區一帶增開分店。在北美，柯笛書店成功首創高品質平裝書的行銷策略，還開啟了邀請作家到書店為讀者親自朗讀作品的先河。

在書店的鼎盛時期，幾乎每日都有來自世界各地的作家、詩人親臨書店出席讀書會、對談、演講、新書發表會，讓作家和讀者面對面地交流，彼此碰撞激蕩出思想的火花，也讓柯笛書店的名聲傳揚在外，甚至有人曾將它譽為全美、乃至於全球書店的楷模。

蕭條的場景就讓人嘆喟了：顧客來的越來越少，書店的營業收入逐年下降，直至虧損額累積到難以為繼，到了二〇〇六年七月，我眼前的這家位於電報街的柯笛旗艦店，宣布歇業。

原因呢，有這麼幾個：由於房地產業的發展導致租金上漲；超市、藥房、大賣場紛紛販售雜誌和圖書；大型連鎖圖書超市的興起；多元媒體和互聯網的出現，削弱了讀書和購書的意願；亞馬遜引發網絡書店的風潮，大大分食了原有的圖書市場。

這個在半個世紀裏在業界引領風騷的獨立書店，曾經顧客盈門，後來門可羅雀，如今人去樓空。主宰它命運的，似乎有一隻看不見的手。美國西部一個重要的文化地標，從此走入歷史。

文化真的就這麼柔弱嗎？可以這麼說，但也不一定。就像書店兩側矗立著的兩株梧桐樹，雖然這個季節的枝葉如此的瘦弱，卻也定然有其枝繁葉茂的時分，讓它生生不息。你看，在柯笛書店倒閉兩年後從柏克萊傳出一則消息：二〇〇八年十月成立了一個名為「柏克萊藝術及文學協會」的社團，將延續柯笛書店邀請作家來為讀者親自朗讀作品的傳統，曾經在柯笛書店擔任行銷經理長達二十六年的梅莉莎一手促成這項計畫。

當月中旬，在柏克萊分校校園南面的第一公理教會教堂舉辦了第一場讀書會，後續還將邀請更多的作家、媒體主編和各界藝文界人士前來。柏克萊社區中斷了數年、讓許多人引以為憾的文化要事，重新接上。

店已不在，人還在，理念還在。梅莉莎女士傳承的，是書店的優良傳統。當我數年前第一次獲悉柯笛書店的一些事跡時，就對柯笛兩任店主夫婦擇善固執的信念深為感佩。

基於期許「打造出高品味的書店文化」的信念，及理想主義的性格，一直以來他們嚴選高水準的書籍，推廣非主流出版品，引介老中青作家，舉辦讀書座談會，甚至還參與社會運動，在倡導言論自由、提升婦女意識、反對審查制度方面不時挺身而出。

書店前的一方廣場常常成為學生和民眾集會、發傳單的場所，越戰期間，當警察在這附近以警棍、催淚彈對付集會抗議的反戰人群時，書店成了為示威學生包紮傷口的庇護所。往昔的一幕幕場景，已烙印在柏克萊社區的歷史長廊和千萬讀者的心裏。

柯笛之所以成為美國西海岸一個重要的文化碼頭，除了兩任店主夫婦管理上的成功之外，無疑更重要的，是他們一以貫之的人文理念。如今它在喧囂的市場浪潮和網絡洪流的衝擊下，不支倒下，讓許多人倍覺傷感、惋惜。書店閉幕式當天，店主安迪先生的講話讓在場的人們為之不勝唏噓：

哪兒是智慧？我們在知識中失落了；哪兒是知識？我們在資訊裏迷失了。

這是安迪的告別演說中引用的兩句美國（英國）詩人艾略特的名句，表達出他對現代人遠離書本的遺憾和困惑。安迪進而發出憂心忡忡的感嘆：

「資訊更快速地檢索出來，但我們有誰得到更多時間？」

「我們還有時間細細品味曠世名著，像《戰爭與和平》？」

「還有人有餘裕把自己推進湯瑪斯・曼《魔山》的複雜萬端？」

「我們有時間去思索古希臘悲劇《俄瑞斯忒亞》中永恆的真相嗎？」

誰能回答一個書店經營者這一連串的追問？他的追問，不僅是對獨立書店日漸萎縮的一聲嘆息，還折射出近一、二十年來整個社會的人文氛圍和閱讀文化的變遷——

在傳媒時代，各大報紙的暢銷書排行榜、電視廣播節目的推薦閱讀欄目，讓原本獨立、私密化的閱讀，逐漸演變成公開、追逐潮流的時尚行為；在數字時代，電子閱讀器Kindle，電子書iPad等電子閱讀產品不斷推陳出新；在商業時代，暢銷書的銷量扶搖直上，讀者群的閱讀視野卻日漸狹窄。關注獨立書店的人哀嘆：在當今這個日新月異的世紀之交，獨立書店，這個現代社會的一道人文景觀日漸顯得蕭索、落寞了。

所幸他們驚喜發現，在這股洪流中，依然有一些書店並不怨天尤人，依然選擇堅守。柯笛書店，就是其中的一員。閉幕式那天，柯笛的玻璃門口張貼了一份敬告聲明：「柯笛書店是個理念，而不是建築，柏克萊、舊金山的其他兩家分店仍將繼續服務讀者。書店將繼續奉獻於人文價值。」

我相信，沒有人會懷疑柯笛書店所堅持的「理念」和「人文價值」。而這，已經成為電報街記憶的一部分。比如說，它曾致力於一九六〇年代肇始於柏克萊的反戰運動，又比如說，一九八九年因在櫥窗陳列拉什迪的小說《撒旦詩篇》而遭到伊斯蘭教會的恐怖威脅，事後柯笛的全體店員仍一致決議繼續展售該書，即使生命受到威脅也在所不惜。

柯笛書店的歷史，是倡揚人文價值、與世俗價值對抗的一部長篇敘事詩。它的身上，有一種滄桑的味道。它的身影，悲壯而又孤獨。

我在枝葉婆娑的街道上漫步、觀景、浮想，隱隱聽到不遠處傳來的陣陣海潮濤聲，似雨輕泣。再過一會兒，我會悄然離開這裏。此刻我望不到大海，海潮的氣息來自一個不辨方位的來處，掠過城市上空長天茫茫的清輝，把一些不可言說的情緒，帶來浮泛在我的心頭。

寫於二〇一一年三月

修改於二〇一二年九月二十九日

眾水不能息滅
——讀程寶林思想隨筆集《洗白》

去年底的一則新聞讓我既感動又欣慰：二〇一〇年十二月二十一日，聯合國大會宣布每年的三月二十四日，為了解嚴重侵犯人權行為真相權利、和維護受害者尊嚴國際日。設立這一國際日的目的之一，是加強保存嚴重和系統侵犯人權行為的受害者的記憶的重要性，以及了解真相和伸張正義權利的重要性。在今年三月二十四日首個國際日之際，聯合國秘書長潘基文致辭：

> 嚴重侵犯人權行為的受害者及其家屬都有權了解這些侵犯行為相關情況的真相，犯下這種行為的理由和犯罪者的身分。揭發真相也有助於整個社會促進追究侵權行為的責任。在我們展開這一新的國際紀念活動之際，讓我們承認真相在維護人權方面有著不可或缺的作用——在我們追求人權這一全球使命之際，也讓我們保證捍衛了解真相的權利。

這是國際社會發出的、認可「真相」在維護人權方面重要作用的一個信號，也是撫慰人類史上數以億萬遭到「嚴重和系統侵犯人權行為」的受害者、致力於在當今世界維護人權使命的一項善政。設立這樣的一個國際日，對於中國來說極其有必要也格外重要，在我看來，其重要性並不亞於「五・一國際勞動節」、「六・二六國際禁毒日」等傳統的國際節日。乃因為，作為人口大國和國際社會重要成員的中國，在過去半個多世紀以來發生的「嚴重和系統侵犯人權行為」連綿不絕、舉世罕見，諸如從上個世紀中葉以來的土改運動、鎮壓反革命運動、反右運動、人民公社化運動、大躍進、四清運動及社會主義教育運動、文化大革命、上山下鄉運動、一打三反運動、批林批孔運動、批鄧及反擊右傾翻案風運動、一九七六年天安門事件、反資產階級自由化運動、一九八三年及此後歷次嚴打運動、一九八九年天安門事件、打壓民間宗教與維權運動等政治運動、以及一些弊政諸如戶籍制度、收容遣送制度、勞動教養制度等。但至為遺憾的是，這一幕幕歷史的真相並沒有被切實地保存下來，相反，卻遭到不同程度的或掩蓋或淡化、或扭曲或設為言禁。

更為可悲的是，這種壟斷歷史的做法不僅使中國成為一個「剝奪人們記憶」的世界，甚至於，就連生活在海外的華人也因外部原因譬如海外媒體被操控、或自身種種原因而無法「生活在真實之中」。在海外華文文學領域，一些海外華文文學作品也自覺或不自覺地接受國內的政治語境，認可蒙蔽真相的做法，避免去踩踏一個又一個的言論「禁區」，可謂身在自由世界，心卻仍在束縛之中。在此情境之下，當我讀到旅美詩人、作家程寶林的最新著作、思想隨筆集《洗白》

的時候，有如聽到泰戈爾詩中所描述的「蟋蟀的唧唧，夜雨的淅瀝」般清脆明朗，這種聲音在海外華文文學領域是難得聽到的。

和某些擁有大陸背景的海外華文作家對國內的現實民情社情日漸疏離、基本上游離於同胞的苦難之外不同的是，程寶林的文學作品大多著墨於他生長於斯、曾長年學習工作生活於斯的故土中國，寫盡了那片土地上的故事、和那裏的民眾尤其是農民群體的酸甜苦辣、生存境遇等諸多人生況味。這本《洗白》更是緊貼近幾年來那片土地上的民情社情，諸如汶川大地震、刑事冤獄、私刑、司法不公、紅色旅遊、愛國主義與民族主義、告密事件、嚴刑峻法、礦難、社會戾氣、廣州孫志剛事件、成都女童李思怡事件、廣州許霆案、范美忠事件、李輝文墨官司等，而我認為，整本文集最大的亮點是，書中有相當的篇幅是對那片土地上幾十年來「嚴重和系統侵犯人權行為」的反思之作，是呼籲恢復真相、倡導言論自由的憂心之作，他在一些言論「禁區」地帶並沒有迴避，而是直接地表達出鮮明的立場和真誠的反思，諸如鎮反、土改、反右、文革、抗戰史實、大饑荒、援外史實、嚴打運動之合理性等，可以說也是一部海外華文文學作品中的不同尋常之作。我想，這與他赴美十多年來扎根西方社會，切身體會了西方自由民主的社會氛圍是分不開的，同時也因為，在他身上始終保有農民子弟的淳樸、詩人的熱誠、媒體人的敏銳、及上個世紀八〇年代那一代大學生的啟蒙意識和理想主義情懷。

在那片土地上數十載「嚴重和系統侵犯人權行為」的歷史和現實記錄面前，程寶林意識到真相和記憶的重要性。人類的記憶是思想文化發展的基礎，是國家民族前進的基石。只有了解歷史，才能去建設合理的現在和未來。如果沒有真相，沒有對歷史的真實記載和傳承，尤其是對過去黑暗歷史、罪惡歷史的保存、進而警醒，就無法吸取歷史上的教訓，就不能在反思中成長進步。由是觀之，忘記過去或者歪曲歷史的國族沒有未來。今日之中國，儼然以一個「大國」之姿「崛起」於世了，但在這個「大國」之中，真相是缺席的，歷史是扭曲的，人權災難被曲筆改寫了，二十一世紀的中國還仍然活在英國作家奧威爾所描述的「一九八四」之中——各種「真理部」負責改寫、消除並偽造歷史，同時人為地製造真理；「友愛部」則負責維持民眾對老大哥的信任，對懷有犯罪思想者施以懲罰；民眾被動地接受老大哥的學說，並熱愛老大哥。這樣一個奉行「誰控制過去就控制未來，誰控制現在就控制過去」法則的國家絕不是一個負責任的「大國」，甚至不配稱之為文明國家。

對比另一個同為發展中國家的非洲大國南非，於十幾年前成立了「真相與和解委員會」，負責揭開國家一段黑暗歷史的真相，埋葬舊時代的幽靈。如今的南非人普遍認為，「真相與和解委員會」改變了南非的歷史，讓南非人看清了自己和自己的國家，為南非今天的發展與和解奠定了基礎。而當今中國離「真相與和解」遙矣遠矣，甚至是反「真相與和解」的，不但在這個非洲大國面前相形見拙，也背叛了作為文明古國的中華民族在過去的漫長歷史中堅持史學的「直筆」傳統，比如文天祥獄中詩裏謳歌的「在齊太史簡，在晉董狐筆」幾位史官，即為寧願被關被殺也要

「秉筆直書」的古典中國史官之典範，又比如班固所肯定的《史記》「不虛美、不隱惡」的實錄精神。程寶林對此種謊言橫行、真相難覓的現狀深感痛心，在〈謊言與真相〉一文中，他指出：

中國，不是哪一代人的中國。中國，是子子孫孫的中國。「我身後哪怕洪水滔天」，這樣短視與自私的民族，是不配屹立於世界民族之林的。讓今人，更讓後人；讓國人，更讓外人，知道我們過去發生的一切，今天發生的一切，正是為了避免，這「一切」之中壞的、破壞性的、負面的、陰暗的那一部分，不會在今後的「一切」中重現，或者，盡量減少重現的機率和規模，讓損害歸於最小。……，選擇性遺忘與記憶屏蔽，真的是中華民族的軟肋嗎？

與呼籲真相的工作異途同歸的，是對愚民教育、謊言宣傳的批判。想必這是程寶林最為痛心的，他才將這本文集命名為「洗白」。剛拿到這本書的時候，我還有點兒納悶，不理解這一字面簡單的書名的涵義。截至讀到文集中同名文章〈洗白〉時，他的解釋才讓我恍然大悟，「洗白」是一個四川方言，該詞字面的意思是「洗而發白」，引申的涵義是：被劫掠一空。川人愛打麻將，一個人輸得精光，就是被「洗白」了。他將「洗白」用作書名，表達對「踐踏腦汁」這一奴役國民思想行徑的憤怒、抗議和思考。在〈用美國考題，考考你〉一文中，程寶林直接宣告：

從黨衛隊，到紅衛兵，一脈相承的是對人類最寶貴資源——大腦的漂洗。腦殘，是近年來中國的新詞；洗白，是我內心深深的悲哀。

我想，財產被劫掠一空了，還不是最可怕的；人最寶貴的資源大腦被「洗白」了，才是最可怕的。從古至今，一切專制都是令人憎惡的，但最可惡的專制，莫過於意圖實現對人的思想的控制。而這，正是現代極權主義最熱衷於並孜孜不倦去做的「宏圖偉業」。其右翼，即法西斯主義非常重視意識形態的灌輸和宣傳，將「宣傳」的目標設定為用灌輸代替宣傳，並且壟斷信息、征服群眾、控制輿論。納粹德國時期的宣傳部長戈培爾公然宣稱，「人民大眾絕大多數始終是愚蠢、粗魯、盲目的，他們很容易被蠱惑者和政客所蒙騙。」、「謊言重復千遍就會成為真理。」其左翼，即共產主義在對國民的「洗白」上也毫無遜色，哲學及觀念史學者以賽亞・伯林在《民主、共產主義和個人》一書中指出：「共產主義教育工作者的任務，亦即，對人進行調試，使得人們只會提出很容易獲得答案的問題，讓人們在成長過程中因最小的摩擦而順其自然地適應所處的社會。好奇心本身、個人獨立探索精神、創造和思考美好事物的願望、尋求真理本身的願望、追求某些目的的願望，都是有害的，因為它們會擴大人們之間的差異，而不利於一個整體性社會的和諧發展。」在〈洗白〉一文中，面對「經過了一趟紅色之旅，……希望她的孩子，記住革命先烈，記住紅色歷史」的堂妹對自己博客文章的回應，程寶林在替她感到悲哀的同時勾勒出一幅史實，「還是讓我們從具體的場景開始，掀開中國當代歷史血腥的一幕吧。」接下來他將筆觸延伸到從鎮反風暴、土改、人民公社、反右、紅衛兵直到八〇年代以降的嚴打運動及一九八九年天安門事件，最後沉痛地發出一聲嘆息：「在中國，歷史教育，基本上可以說，是愚民教育的同義語。問題在於，我們拿什麼來拯救自己？如果只有一本官修的歷史教科書，允許我們閱讀？」

但可悲的是，數十年來浸染於系統性謊言宣傳和愚民教育的大染缸內，使得包括程寶林書中提到的堂妹、友人的兒子、比他年輕兩歲的作家朋友在內的國人尤其是年輕一代對過去的歷史相當地陌生，無法自由獨立地去思考、表達和行動，喪失了辨識真偽的能力，所思所想所為難以擺脫官方長年累月灌輸的窠臼，這難免讓人心生悲涼。但在這普遍沉陷的人文環境之中，所幸還有一代又一代拒絕與謊言為伍且不甘沉默的思考者、言說者和書寫者，他們傳承著中國民間修史的傳統，將記載真相看成是「無權者的權力」，竭力用文字或其他形式去澄清一段段被遮蔽的歷史。

作為列入此陣列的寫作者，程寶林說他相信「信史在民間」，我也信。如果沒有民間對歷史的修復與「刮骨」，那麼這些歷史上殘酷慘痛的篇章就很容易被正史或顛倒黑白，或粉飾太平，甚或一筆抹去，從而為當代人及子孫後代所不知。這是民間修史與官方話語的抗戰，也是良知與怯懦的抗戰，責任與犬儒的抗戰。

謊言天生是虛弱的，是經不起人們的質疑和現實的檢驗的，一個謊言需要無數個謊言來彌補、維持。正因如此，謊言的生存需要暴力的保駕護航，才不至於成為一吹即散的泡沫。所以我們不難理解，在政治領域謊言和暴力天然有結盟的傾向，而成為專權政治倫理之馬車的兩個輪子。索爾仁尼琴說暴力為了維持臉面而找到謊言作為同盟，馬基亞維利說專制統治必須靠暴力和謊言這兩個支柱來支撐，毛澤東說這叫槍桿子和筆桿子，滕彪說這種建立在暴力和謊言基礎上的政權叫做「兩桿子政權」，一平說這是「高尚的謊言和赤裸的暴力」。在政治運動接踵而至的年代，由謊言和暴力結成的同盟軍肆虐於中華大地，讓這片土地成為國民的噩夢，讓無數條生命成為刀俎下的魚肉，讓那段歷史成為血淚斑斑的代名詞。

程寶林對謊言宣傳和愚民教育持激烈的批判態度，自然而然地要將批判的筆鋒對準暴力，及經由政治上層延伸至社會上的暴戾之氣。他將這種「血液中深深浸淫的暴戾、嗜血毒素」，稱之為「極左的、極權的社會制度的第一要征」。在他成長的過程中，他自言始終伴隨著「永難消除的恐懼陰影」，雖說自己「生在新中國，長在紅旗下」，但他對此似乎並沒有多少幸福感，他回憶道：「對我這個毛死亡時已十四歲的鄉村少年來說，我的童年和少年時光，就是在閱讀這類暴戾、殘忍的布告文字中長大的。」一書中有一篇標題為〈曷彼蒼天：評李乾《迷失與求索》〉的文章，是他在閱讀了一本回憶錄之後寫出的讀後感。這是一本在文革中殺害了兩個無辜青年的昔日紅衛兵的回憶錄，也是一本曾經服刑囚犯的悔罪書。這本連續兩晚讓程寶林讀至深夜的回憶錄令他觸目興嘆，並且覺得這本書有著重要的價值，在於「它為我們提供了鮮活、真實、但卻是被瘋狂與愚昧的暴力時代扭曲得面目全非的心靈樣本。」進而詰問：「是誰，在他心裏，種下了如此瘋狂、殘忍的仇恨種子？」

同時，程寶林聯想到自己在極左時代的親身經歷，感嘆道：「我們從小接受『革命』的狼奶哺育，在暴力至上、槍桿萬能的價值觀薰陶下成長。此刻，『革命』回歸其最原本的語義：取人性命。」他還回憶起小時候在鄉村的禾場上看「革命」電影，電影裏幾個小孩子拿著紅纓槍誘殺「白狗子」的畫面，讓幼小的他產生了朦朧的懷疑和厭惡：「電影為什麼要宣揚、鼓勵孩子們殺人？難道不殺人，就無法將一個國家建設好嗎？」在那個鮮血飄零的極左年代，「暴力」的毒素如同黑壓壓的烏雲般盤旋在那片土地之上，血腥的鏡頭、恐怖的社會氛圍促使程寶林去質疑「暴力」的合理性、「革命教育」等問題，這樣的質疑直到今天依然還沒有過時。

在〈北京少年〉一文中，程寶林對友人的孩子、一位十九歲的大學一年級新生對過去一系列政治運動的無知深感憂慮，他想告訴包括這位青年在內的所有年輕人，他通過閱讀「文革時五花八門暴行及受害者悲慘遭遇的書」時，引起了「靈魂深處難以抑制的顫栗」。在文中，他引用了一名於一九六六年時任北京郊區大興縣委農村工作部幹事的自述，這位幹事講述了當年大興縣馬村為相應領袖「炮打司令部」的號召，發動對村裏「四類分子及其家屬」大屠殺的情況：

行動快的公社和大隊，都把「四類分子」及其家屬、子女集中監管起來，隨時拉出來批鬥，進而殺害。從八月二十七日至九月一日，大興縣的十三個公社、四十八個大隊先後殺害四類分子及其家屬三百二十五人，其中最大的八十歲，最小的才出生三十八天，有二十二戶人家被殺絕。在此事件中，尤以大辛莊公社最為嚴重，僅八月三十一日一天就殺了數十口，有一個水井都被填滿了死屍……刑場設在大街兩頭路北的一家院子裏，有正房五間東廂房三間。我們（縣幹部，引者註）排隊進院時，看見活人被捆綁著，死人橫躺豎臥，鮮血染地，慘不忍睹。

讀這樣的文字怎不令人心驚膽戰、悲痛欲絕？限於篇幅，我只引用了這段文字的近三分之一，而這近三分之一的文字已經讓我極度驚悚，需要暫時將視線移開，讓自己從深重的哀傷和壓抑中脫離出來，稍作歇息才能繼續讀下去。我想起了文革中遭到批鬥的外公，還想起了以前供職的律師事務所裏一位在文革中被關押的老律師，和我的幾位文革中遭迫害的當事人。在我出生那年，文革已接近尾聲，一個繈褓中的嬰孩尚不知道自己來到的這片土地浸透了人血和淚水，布滿了冤魂和白骨。小時候在家裏，父母很少講起文革期間的事，我對文革的了解幾乎全是從少年時代開始透過書本閱讀了解到的，因為對文革並沒有親身的體驗，這難免影響我對於現當代中國政情來龍去脈的準確評析，以及帶有「中國特色」權威體制的深入思考，因此閱讀是我對這段史實的主要「補課」方式。

類似上面的文字以前我在一些學術著作和文學作品裏頭均讀到過，可以說對這種文字描述的血腥場面並不陌生，但捧讀程寶林的這本文集，仍然讓我不時心有餘悸。讀到這段椎心泣血的文字，不免聯想到近年來肇始於重慶、且有蔓延之勢的唱紅歌運動，那一幕幕紅旗招展、紅衣一片、紅色「革命」歌曲響徹雲霄的一幕鬧劇兼醜劇讓人有時光倒流之感，更有文革重演之慮，值得人們加以警惕。

程寶林說他修改這篇文章的時候，正值中國各大影院上映日軍屠殺中國人的影片《南京！南京！》，他說：「大興縣委幹部張連和所實錄的屠殺暴行，比日寇的暴行，更加令人髮指，因為，這些屠殺是在這批縣委幹部的旁觀中實施的。」他繼而語帶悲憤地質問：「如果說，日寇的兇殘、毫無人性，是因為他們是異族，這些滅絕人性的『革命者』，殺的卻是在一塊地裏幹活，喝同一口堰塘水的鄉親啊！」

這一聲質問實在發人深省。是什麼原因，讓四十多年前這些「革命群眾」——其實都是些平日裏普普通通、老實本分的村民，以赤裸裸的暴力對付同一個村子裏的村民，實施出比日軍南京大屠殺更殘忍、更冷酷的屠殺暴行？對極權主義有深入研究的漢娜•阿倫特認為，極權制度中有一種「平庸的惡」，她分析道：「一個平庸的人面對一種黑暗權力，人們通常相信根本無能為力，只能毫無抵抗地依附其中。潛藏在黑暗權力背後的都是一個個非常實在的組織，人們面對它肯定會做點什麼。因為人類所具備的「共同的主動性」，即，較之某種以命令、順從和不負責為基礎的專政體制，人類的這種共同的主動性將更有效能，換言之，權力終歸是抽象虛無的，真正使黑暗權力變為現實的是實實在在的組織。正是因為艾希曼之流的平庸與膚淺，他們輕易放棄自行思考、判斷乃至積極對抗的權利，使得黑暗權力得到堅固，使得對猶太人的屠殺變為現實。」

從奧斯威辛集中營到南京大屠殺，再到大興大屠殺，諸如希特勒的惡、東條英機的惡、毛澤東的惡這般「極端的惡」高高在上進行慫恿、操控和指揮，固然是罪魁禍首，或是犯罪學意義上的首犯，無疑罪不容誅；而千千萬萬個下屬或平民施行出來的「平庸的惡」，卻也同樣難辭其咎。當這些「像機器一般順從、麻木和不服責任的平庸無奇的罪惡」無條件地去擁護和服從，具體地去實施、操作對另一個群體的瘋狂殺戮時，大規模慘不忍睹的災難和浩劫就不可避免地發生了。

在程寶林看來，中國那段極左年代的歷史與納粹德國時代的殘暴不分軒輊。他在〈讓那冤死者，安息！〉一文中如此評說：

在毛澤東統治中國的二十七年裏，中華民族無數的優秀人物，特別是具有先進思想的青年，僅僅因為一兩句激憤的話語，一兩幅心血來潮的「反標」（「反動標語」的簡稱），甚至，一封未對社會造成任何危害，從未寄達收件人手裏的匿名信，就遭到了毫不留情的虐殺。寫一封信都會掉腦袋，如果這不算法西斯，那希特勒的德國，就絕算不上是人間地獄。

確實，中國極左年代所實施的階級滅絕，與納粹德國施行的種族屠殺相比較，其殘酷、卑劣和下流實有過之而無不及。這兩大人類史上空前的極權主義災難，給剛剛過去的二十世紀人類歷史留下了慘絕人寰、駭人聽聞的記錄。但令人驚異的是，這兩大歷史性災難何以發生在東、西方兩大曾經以優良文明傳揚於世的國度——作為近代哲學的故鄉、古典音樂發祥地的德國，和擁有人類最古老文明之一、建立了亞洲第一個民主共和國的中國？並且，它們一手造成了如此長年累月、腥風血雨的恐怖暴政，兩國的民眾居然沒有起而抗爭、試圖將之推翻，相反，卻時常表現出集體的和個人的感恩戴德、甚至於頂禮膜拜、狂熱地加以擁護？

顯然，僅僅歸結為支撐它們的兩大支柱也即謊言宣傳和暴力統治的話，尚不足以解釋這一人類政治史上的罪惡之巔峰。對此，曾被以「顛覆共和國」入罪坐監的前政治犯、捷克劇作家哈維爾的觀點是，「通過否定歷史，權力不僅為其意識形態上的合法性辯護，並且為其作為極權主義政權身分辯護。這個身分也有一個堅強的意識形態的庇護所：如果最初不是從一種意識形態中吸取力量——這種意識形態如此自滿以致輕視除它以外的任何其他觀點，如此自大地宣布自己的歷史使命，以及這種使命所帶有的所有特權——這種只存在一種真理和權力的核心代理人將很難存在，更遑論發展和壯大。」而另一位堅定批判權威主義的哲學及社會學學者卡爾・波普爾則認為：

馬克思主義關於人類社會必然走向共產主義的論斷對於近代社會歷史具有非同小可的影響，它導致這樣的結論：拒絕共產主義的人是嚴重的罪犯，因為他們居然反對必將來到的事物。這是一種只能帶來災難、不幸和恐怖主義的論斷，是一種非常可怕的意識形態，這樣一種理論必然要造成大批人犧牲。因為我們自以為知道的實際上遠遠超出了我們所能知道的。

也就是說，極權主義披上了一層「崇高、遠大、純潔」的意識形態面紗，構建了一套烏托邦工程的神話、或類似宗教般的「信仰」。不管是納粹德國的「創建第三帝國和征服歐洲」，還是極左中國的「解放全人類」抑或「實現共產主義社會」，都描繪了一幅令人心蕩神馳的未來圖景，這種無比美好的遠景誘發了民眾內心的狂熱，和對現實世界的忍耐，人們像是靈魂附體似的紛紛加入到一個為「偉大理想」而奮鬥的集體隊伍中去。在「崇高」的目標之下，可以為所欲為。在「遠大」的理想面前，人命一錢不值。地上的天堂沒有建成，卻已經變成了人間地獄。

這樣一種波普爾所稱的「非常可怕的意識形態」，同樣是程寶林痛徹心扉、並加以深切反省的，他將之稱為「以『仇恨教育』和『社會暴力』為基本特徵的，具有原教旨色彩的共產主義理念」、「一種偏執的信仰」。在〈對生命視若無睹〉一文中，他感嘆道：

我們從小就被教育：要愛這個，要愛那個，不是黨，就是主義，卻從來沒有人教育我們：首先，要愛你的家人；進而，你的鄰人；進而，你的同胞；進而，作為整體的人類，和作為個體的：人。

在〈是勇敢，還是愚昧〉一文中，他痛斥道：

我們的社會，一以貫之的是這種漠視個體生命，甚至鼓勵未成年人拚命、不要命的野蠻愚昧教育，似乎為了國家，為了集體、為了社會、為了祖國，為了一切高尚的、偉大的理由，任何個體生命的喪失，不管他們多麼弱小、幼小，都是正常的，應該人人仿而效之。

我並不完全贊同程寶林的觀點，譬如他對方志敏「獻身」的所謂「民族解放事業」的正面評價，譬如他對溫家寶在零三年非典、和零八年汶川大地震中表現的表揚，譬如他對「中國的領導人，一代比一代，更具有世界眼光和現代效率。」的評價，譬如他對「中國正在變得越來越好，越來越進步，越來越富裕，人權紀錄也逐步改善。」的形勢判斷，譬如他「更樂觀地相信，中國的大街上，將再也不會聚集起狂翻漫捲的旗海、……、以國家面目施行的暴戾。」等。這些少數誇贊式的評析和展望，使得整本文集總體上呈現出來的現代公民制衡意識、和獨立知識人的批判精神，稍有一定程度的削弱，且彼此存在著局部的衝突。以我對他本人及其作品的了解，我感覺他身上既有一種來自鄉野、遠離廟堂的中國傳統底層社會的自由精神，和不甘受制於體制的詩人的傲骨，但同時，可能因為他曾經多年體制內媒體的編輯、記者職業生涯，使得文集中部分文章仍囿於「體制內思維」的思維定勢。在上述問題上，我願與他及所有持此類觀點者商榷，當然，沒有人能聲稱完全掌握真理，但我們至少可以往真理的方向靠近。

但是無論如何，他的言說真相、呼籲維護人權、批判極左政治的文字工作是令人欽敬的。在當今中國謊言彌漫、人權闕如、極左思潮湧現的情勢之下，作為文學寫作者的程寶林的言說，確實正是索爾仁尼琴提倡的「文學所蘊含的真實的力量可以摧毀謊言構築的世界」的體現。除了他對真相和人權的維護、對極左政治的批判以外，我也贊成他的若干觀點，在微觀方面，譬如他呼籲重視程序正義、主張輕刑主義、主張廢除死刑、質疑運動式嚴打、質疑公審、批判本能的愛國主義、呼籲寬容意識、肯定臺灣民主，等等；在宏觀方面，譬如他呼籲尊重個體生命、呼喚由「官本」社會轉變成「民本」社會、呼籲建立公民社會、民主社會、法制社會與人權社會（應為

「法治社會」），等等。

程寶林在文章中自言「身居海外，我作為中國人的驕傲感，主要來自古代中國」，我想，此處他指的應是古代文化意義上的中國。古典時代文化的中國確有令人向往之處，而當今時代文化的中國百弊叢生，經濟的中國畸態日茲，道德的中國墮落淪喪，政治的中國危機四伏，人權的中國令人心寒，依賴「精神海洛因」自我亢奮的，是以社會失控性沉淪和犧牲子孫後代利益為代價換來的物質總量增長、舉國體制成果和虛浮的「大國崛起」形象。而社會亂象頻生、群體民變激增、環境嚴重污染和無數國民個人在公權力肆意侵害下的痛苦呻吟、冤苦無告，突顯當今中國的「金玉其外」絲毫遮掩不住觸目驚心的「敗絮其中」。

在舉世奉上「崛起」、「奇蹟」、「盛世」的滔滔稱羨讚譽聲中，並不是所有人都像胡適當年哀嘆的「不肯睜開眼睛來看世間的真實現狀」那樣，而是憂心忡忡地指出了今日中國之「真相」——譬如北京學者秦暉形容的「低人權優勢」國家，譬如法國學者索爾孟形容的「謊言帝國」，譬如香港學者林沛理形容的「道德殘缺國」，等等。這些學術概括絕非誇張之詞，二十一世紀初葉的今日中國仍然踽踽於現代文明的軌跡之外，社會潰腐傾頹，時勢已然危殆。今日中國需要的不是大國「崛起」、維護「穩定」，而是體制轉型、精神重建。今日中國需要的不是御用文人的邀寵獻計、恬然鼓噪，而是獨立知識人的哀鳴如鴿、咆哮如熊，比如四川作家冉雲飛的「日拱一卒」，又比如程寶林的拳拳呼籲：

「我們是喝人奶長大的，我們要有人味。」

「但有兩樣東西，迄今還遙遙無期：言說的自由，與免於恐懼的自由。」

「社會將它的全部成員——人，當人看待。進而，將人，當公民看待。」

「我們在一個嚴厲的、嚴酷的、非人道的社會裏，生活得還不夠久嗎？同胞們！」

「每一個中國人，作為生命的個體，作為社會的一員，擁有了尊嚴和自由，擁有了凜然不可侵犯的公民權，包括言說和批評的權利。」

此外，《洗白》一書作為一本思想隨筆文集，除了本書隨筆作品的文風之外，在我看來還另有兩個特色。

其一是，書中大多數文章的行文方式，是程寶林以自己在中美兩國的親身經歷入手，運用寫實主義的筆法娓娓而談，或者是從公眾熟悉的一些公共事件談起，帶有較濃的散文風格和文學色彩，令讀者讀起來感到親切，且讓讀者更加能夠了解作者的內心世界，理解作者的價值取向。

其二是，書中的四個輯子均以程寶林的一首詩作開頭，四個輯子的名字也取自四首詩的標題，展現出作者同時作為一名詩人的才華。四首詩中我尤喜第三首〈自費〉，這是一首紀念反抗極權主義先驅林昭的詩歌，讀來令人噓唏不已：

五分錢／在今天，在我的祖國／連一根冰棍也買不到了／這樣要命的夏天
當年，在上海的一條小弄裏／幾件制服、幾頂大蓋帽／敲開了一戶人家／以國家的名義／向一個母親／索取這筆欠款
這是一粒子彈的價格／這是一次自費死亡
上海的龍華／花像血一樣綻開／一九三一年，有柔石／一九六八年，有林昭

程寶林在本書後記〈言說，及免於恐懼的自由〉中有一句話，袒露了自己進行思想隨筆寫作的內心驅動力：「對於尊嚴懷有渴望，對於自由懷有信仰，使我不由自主地，將自己的筆，探入了思想隨筆的領域。」這是一種反抗黑暗的寫作，這是一種渴望光明的寫作，也是一種承繼中國史學「直筆」傳統的寫作。與此同時，他坦言：「寄身海外，仍不能免於恐懼！在恐懼中期待，在期待中恐懼。」我能夠理解他「出於靈魂深處的恐懼」，同時感到無比的辛酸。生於這樣一個冷酷無道的體制，有誰不感到恐懼呢？但就象冉雲飛所說，「恐懼並不恥辱，用盡一切辦法想讓你恐懼的人與機構，才是真正的不良。」從這位去國多年、雖已長年身居海外卻仍不免恐懼的文化人身上，我看到了黑暗宛若高天撒下的網羅般漫無邊際，也看到了呼喚真相、維護人權事業的艱難和任重道遠。

二十世紀的法國作家加謬在他的散文作品《熱愛生活》中說過，「沒有對生活的絕望，就沒有對生活的熱愛。」這句話用在程寶林身上似乎很貼切。正是因為深深體驗了黑暗和絕望，才更加激發了他去戳穿遍布的謊言，去恢復被遮蔽的歷史，去呼喚「言論自由和免於恐懼的自由」，去為真相和人權建言發聲，這是他絕望過後仍然熱愛生活的證據。在《洗白》一書中，我看到了心懷恐懼仍然不憚言說的學人本色，也看到了人類的自由精神和尊嚴意識正如《聖經》中所說，「眾水不能息滅，大水也不能淹沒」，因為人類有追求真相的本能，有追求人權的天性。

寫於二〇一一年六月二日至六月七日

在五月的星空下凝望

時光來到五月下旬，當槐花綴滿枝頭清香四溢的時候，那個日子又臨近了。每年的此刻，我們都有一種難言的悲傷，在心間緩緩流淌、彌漫。一年，兩年，三年，十年……我們年復一年地，將記憶留存。時至今日，已是第二十二個年頭了，一場國族延續至今的精神創傷，仍未愈合。

歲月如此漫長，卻又白駒過隙。當紀念日到來，我們就會憶起那令人神往的上個世紀八〇年代，還有那一具具年輕美好的生命，在那個黑漆漆的夜撲撲倒下，大地灼焦爍亮。如今在浩瀚的星空下凝望，佇立懷想，你們，那年遠逝的少年人，是否已身處一個迢遙的自由國度？

那是一個洋溢著理想、追求、使命感、思潮如海、行動宛若江河湍流的時代，革新的夢想在萬千人心中躍動。那年的你們，站立在時代的前臺，像風中不虞而翔的飛鳥。你們不是螺絲釘，你們只想在成長的道路上留下印跡。你們不是鬧事的頑童，你們只是期望自己生長於斯的這個國家能夠革故鼎新、展露新貌。

整整一季春天你們都在堅持，那青春的熱情如春芽吐綠，誠摯如清泉，信念如金，意志如揚帆擊水的船隊。這噴薄的浪潮沖滌著古老的東方大地，並且將要淹沒污濁和腐朽。你們是一群純真的孩子，是我們似曾相識的同學、朋友、兄弟和姐妹。你們是地上自由的歌者，是一眾不識愁滋味的少年人。

誰願與死神立約？誰會將兇兆潛伏？那一夜像潑墨般漆黑，明月高懸，照徹深邃不見底的星空。活著是虛空，死去是上升，站立是救贖，倒下是在傷痕之地拋撒希望，寒光正一寸寸逼近你們的身體，你們在黎明前夕倒下，以各種姿勢橫陳長街，血跡慢慢淡漸、消褪。你們頭頂之上是驚愕得睜大了眼睛的繁星點點，俯瞰著地上強烈如畫的照明和呼嘯如電的火光。你們再也聞不到槐花的芬香，你們再也不能歌唱，天空響起低沉的哀音，黑暗成為無限。

你們的肉身歸入塵土，靈魂在地上卻沒有憑據。我們痛徹心扉，眼睜睜看著那嗜血的劍、暴虐的火、掩蓋真相的密雲、抹除記憶的霜雪如頑石般沉重，肆無忌憚地在風中狂舞，街景重新成為街景，沉默重新歸於沉默。你們就此消散於歲月的煙塵之中，彷彿從未曾誕生，也從來不曾存在過似的。你們成為一粒粒被遺落荒野的草籽，或者草籽旁的微塵，永遠見不到天日。你們是民族患上失憶症的病因，日後沉淪命運的讖語。你們是生還者欲哭無淚的苦楚，隱忍不言的傷痛。

失去你們的這片土地，一個閃光的時代結束了。在那遙遠的另一片土地，卻開啟了一個全新的時代。你們本該有漫長的人生，卻凋謝在青春年華。當母親再也呼喚不回她們的孩子，這流人血的都城在道德上已經破產，六十響城頭慶典上再怎麼轟隆隆的禮炮聲，也抵不上少年人發自肺腑的一聲吶喊，二十載盛世榮景不過是虛浮的泡沫，那年春天廣場上的場景卻足已傳頌千年。待到這一切歌舞升平被歷史嘲弄的時候，你們的身影必會跨越時光的界河，走向億萬人心，一直走到後代人的心坎。

孤寂的草籽總是會有人記住的。我們要你們知道，這二十多年來多少人夢已碎，心未死，任世事變幻仍始終不渝地守護著一份記憶。那些在小範圍內悄密舉辦的紀念活動是良心的祭奠，維多利亞公園年年亮起的燭光是香江的祭奠，圍繞紀念堂繞行的自行車車隊是海峽對岸的祭奠，河面上緩慢漂浮的各色防水燈是文明人類的祭奠，令人動容的哀婉旋律是音樂人的祭奠，栩栩如生的浮雕和雕像是藝術家的祭奠，義正辭嚴的聲明是知識人的祭奠，穿上白色的衣服、佩戴一朵白花是人群的祭奠。我們發願，要將你們安放在心中，如同將星星安放在夜空，鄭重、虔誠。我們和你們如此遙遠，如同此岸和彼岸。我們和你們又緊緊相連，如同樹幹和樹根。

我們知道，忘記你們就是讓你們再度死亡。在堅硬冰冷的高牆面前，記憶就是力量。我們拒絕遺忘，而會竭力讓記憶之樹長青、不倒，否則內疚和不安將會伴隨我們的一生。短暫的是人生，長久的是歷史，為此我們期盼在那不太遙遠的將來，在這城中定要矗立起一座紀念碑，或者一堵哭牆，將你們的名字一個不漏地刻在上面，告慰你們的魂靈，讓你們的精神之光定格在歷史的長河之中。這份期盼是承諾和責任，也是為著生命和人性，為著自由和尊嚴。此時此刻，就讓彼此在星空下互相汲取力量，然後期待著終有一日，頑石變為泉源，高牆化為水池。

今夜我們在五月的星空下凝望，為你們獻上今春的第一束槐花，用露水、淚水、白色的花瓣和一個國家的負荊，面向你們鮮血澆灌的這片土地，低首，祭拜。我們知道，縱使我們付出所有，也達不到你們受難的高度。

二十二年了，我們找不到一抔黃土，能讓你們在地下得到安息，只能為這國求平安，為你們求安慰。唯將今夕深深的一凝望，抵二十二年胸中的塊壘、心中的悲愴。再埋下一粒粒比花朵還要大的希望的種子。它們將是未來。

寫於二〇一一年五月二十三日、二十四日

第三輯
黑夜已深，白晝將近

自由之光，越照越明

一

公元二〇一〇年的十月八日，一個來自北歐的聲音剎那間傳遍了全世界，這聲音讓全球的目光聚焦中國，讓這個日子載入中國和人類歷史的史冊。這日下午五時，挪威諾貝爾委員會，一個被譽為地球上擁有「上帝般令人敬畏和仰望的權威」的機構，將和平獎的冠冕戴在了一位中國公民的頭上，以表彰他「長期以非暴力的方式，對中國基本人權的保障所做出的不懈奮鬥」。而這位五十四歲的最新和平獎得主，此刻尚在中國遼寧的錦州監獄服刑。他的名字開始在世間傳頌，作為標誌性的人物，以他為代表的群體為權利和自由所從事的抗爭開始為世界矚目。

這一天無疑已成了「中國日」。世界各國的媒體展開密集報導，報紙、電臺、網頁隨即擴充本年度諾貝爾和平獎的報導專輯，聯合國和許多國家、地區的政府紛紛發表聲明，向高牆內的和平獎得主表示祝賀或是致敬，國際人權組織、非政府機構、世界知名人士紛紛要求釋放他，以及其他的人權活動人士。

兩岸四地和海外的華人世界，多少人突破新聞封鎖，奔走相告；多少人相聚歡慶暢談，熱淚盈眶；多少人聞訊徹夜難眠，心潮澎湃。人們歡笑，為中國人捍衛人權付出的努力終獲國際社會的肯定感到欣慰；人們流淚，為他和他腳下的這塊土地上連綿不絕的苦難而哭。

這個偉大獎項照亮了很多人的心，卻道出了一個尖銳的事實。它像撥開烏雲的弧光，將一個紅色王朝竭力打造的盛世景況，像肥皂泡沫一樣輕輕地吹散開去。這是不屈的自由精神的凱旋，卻是王朝粉飾太平的失敗。王朝自詡已成長為經濟的巨人，卻只不過是人權和道德的侏儒。那些被傲慢的權力捂住的問題，如今已無所遁形；那些被系統性謊言塗抹的真相，如今赤裸裸地呈現在全世界面前。

在王朝經濟總量奪人眼目的背後，制度性的腐敗和人權災難卻愈演越烈，國民個人在不受制衡且張狂的國家機器面前無比脆弱，孤立無助；無數的國民在公權力的侵凌下痛苦呻吟，冤苦無告。無論經濟指數多麼亮麗耀眼，一個接著一個的盛會多麼流光溢彩，王朝治下的人民仍舊擺脫不了臣民甚至賤民的命運，仍舊爭不來一個公民的身分，和人的權利，歷經一甲子這種命運也沒能根本改變。

所幸即使是在陰雲密布的天空下，總有一線光明在散播。一甲子以來，這塊土地上總有為自由而堅守、為權利鼓與呼的人。他們不願聽任擺布而無奈地接受現實，或是放棄思考去默默地忍受屈辱，他們毅然決然地走出「瞞和騙的大澤」，去對抗無邊無際的黑暗和苦難，他們抗爭過、吶喊過、犧牲過。在幽暗的油燈下，清苦的勞改農場中，陰暗的牢房裏，流亡異國的土地上，甚至在走向刑場的路上，他們緊拽著不讓時代往地獄裏沉淪，他們掙扎著要在暗夜裏發出一點微光，發出一種聲音。這聲音將戳穿用謊言編織成的厚厚的帷幕，還將說出百姓的困苦和哀聲，令那能殺身體不能殺靈魂的王朝惶恐不安。正是有了他們的存在，讓後人看到了希望，看到了人類不可摧毀的心靈自由和摁不滅的人性之光。

當我們回眸一甲子來時的路，正是這些點燃自己照亮黑夜的靈魂，使那些黯淡無光的年歲有了些許亮光，讓我們看清那罪惡的時代，讓我們不至於陷入絕望而能夠在暗夜中期待晨光。今天當我們歡呼或是流淚，我們不會忘卻那些悲壯的靈魂，更令我們感到欣慰的是，他們的精神並沒有隨著肉身的逝去而流失，而是在後來者的身上得到了延續和傳承。在今天這頂具有劃時代意義的榮耀的華冠之上，有著他們播撒的光輝。

二

一九五七年，紅色王朝第八年，一場被領袖稱為「陽謀」的政治運動席捲神州大地，史稱「反右運動」。這年秋，一位北京大學中文系新聞專業的女生被打成「右派分子」，這位女生其後的言行作為使她成為這場運動中對自身信仰最撼人心魄的堅貞的受難者。她叫林昭。

林昭被打成右派的起因是：北大學生張元勛等人貼出了一張大字報「是時候了」，揭開了北京大學的一場思想大辯論，辯論中有學生認為該大字報的言論是反革命煽動，林昭公開反對這種上綱上線的批評，厄運隨之降臨。隨即林昭被打成右派，她吞服大量安眠藥自殺，被及時搶救過來，組織上認定她在搞對抗、「態度惡劣」，隨後對她加重處分：勞動教養三年，之後被送到人民大學新聞系資料室接受群眾「監督改造」。後來論及這場運動及其對整個民族的傷害時，林昭發出控訴的吶喊：

「一九五七年的反右運動是腥風血雨的、慘厲倍常的、臭名遠揚的醜劇，是『官逼民反』。」

「我們的青春、愛情、友誼、學業、事業、抱負、理想、幸福、自由，我們之生活的一切，這人的一切幾乎被摧殘殆盡地葬送在這污穢、罪惡、極權制度的恐怖統治之下，這怎麼不是血呢？」

一九六〇年，林昭與張春元等人合編針砭時弊的《星火》雜誌，她的長詩〈海鷗之歌〉和〈普魯米修斯受難之日〉在《星火》第一期上發表。林昭還與張春元、顧雁等人一道四處搜集各地黨政負責人和民主黨派負責人的名字，將雜誌上的文章寄給這些有影響力的政要，希望他們正視人民的苦難，遏止極左政策，結果牽涉《星火》的幾十個人被作為「反革命集團」全部抓捕。這年十月，林昭被捕入獄關押於上海提籃橋監獄，罪名是「陰謀推翻人民民主專政罪、反革命罪」。

獄中的林昭堅持信仰、拒絕違心的服從，被獄卒視為態度惡劣而遭受嚴重虐待。但林昭始終不肯屈服，監獄當局不提供紙和筆，林昭就劃破身體，用血在白色的被單上甚至牆上寫作，書寫了二十萬餘字的血書和日記。林昭控訴當局對她的殘酷迫害，指出階級鬥爭理論的荒謬，批判個人崇拜，闡述對民主自由、人權人道、法律和經濟私有化、軍隊國家化的一系列設想。她痛斥體制和被抬上神壇的領袖：

> 長期以來，當然是為了更有利於維持你們的極權統治與愚民政策，也是出於嚴重的封建唯心思想和盲目的偶像崇拜雙重影響下的深刻奴性，你們把毛澤東當作披著洋袍的真命天子，竭盡一切努力在室內外將他加以神化，運用了一切美好詞藻的總匯與正確概念的集合，把他裝扮成彷彿是獨一無二的偶像，扶植人們對他的個人迷信。

在遭到慘無人道的迫害和摧殘的境況下，林昭仍發願要做一個「年青的反抗者」、「反對『暴政』的自由戰士」，她寫道：

既然從那臭名遠揚反右運動以來，我已日益看穿了那偽善畫皮下猙獰的羅剎鬼臉，則我斷然不能允許我墮落為甘為暴政奴才的地步。

我相信成千上萬個雞蛋去撞擊，這頑石最終會被擊碎的！

一顆高昂的頭顱在黑暗的年代裏倒在了血泊之中。一九六八年四月二十九日，林昭被判處死刑後在上海龍華遭槍決，三彈殞命，年僅三十六歲。兩天後，公安人員來到林昭母親家，索取五分錢子彈費。林父在女兒被捕後，服藥自殺。林母精神失常，後死於上海街頭。

這片土地太骯髒了，容不下一個質本潔來還潔去的高貴女性。

三

一九六六年二月，王朝第十八年，一位二十三歲的北京人民機器廠的學徒工在《文匯報》上發表文章〈和機械唯物論進行鬥爭的時候到了〉，質疑姚文元的文章〈評新編歷史劇《海瑞罷官》〉中的「階級分析觀點和機械唯物主義觀點」。

三個月後，一場史無前例的國家恐怖主義浩劫在中華大地拉開序幕，史稱「文化大革命」。紅衛兵響應領袖「造反有理」的號召，高呼著「老子英雄兒好漢，老子反動兒混蛋」的口號，手握紅寶書揮舞著銅頭皮帶殺向社會，所有出身不好的「狗崽子」首當其衝。這位學徒工此時又拍案而起，撰寫出一系列文章去抨擊當時甚囂塵上的「血統論」——長輩的血統決定個人的前途命運。其中最具代表性的一篇力作在社會上產生了廣泛的影響，標題曰〈出身論〉。他叫遇羅克。

自紅朝於四〇年代末得鼎直至七〇年代，以「人民」的名義將子民根據階級成分劃分為三六九等，每個人的升學、就業、入黨團、參軍等幾乎所有攸關個人前途的事情都與出身掛鉤。這種荒謬絕倫的出身血統論像瘟疫一樣肆虐中華，數以千萬計的青少年僅因他們的父輩或祖輩是所謂「地主、富農、反革命、右派和壞分子」的緣故，從一出生就被剝奪了與其他同齡人同等的權利，此種謬論到了文革更是登峰造極，許多地方爆發了濫殺地富反右壞分子及其子女的狂潮。

遇羅克的長文〈出身論〉正是對這一反人權、卻占據著社會主流思想的論調和做法進行了強烈的批判，他如此質疑：「反動的唯出身論者，……重新形成新的批上偽裝的特權階層，以至反動的種性制度，人與人之間新的壓迫。」、「『出身壓死人』這句話一點也不假！類似的例子，只要是個克服了『階級偏見』的人，都能比我們舉的更多、更典型。那麼，誰是受害者呢？像這樣發展下去，與美國的黑人、印度的首陀羅、日本的賤民等種姓制度有什麼區別呢？」，他宣告：「任何通過個人努力所達不到的權利，我們一概不承認。」

今天看來，遇羅克只是用最簡單的理論、事例說出了一個再平常不過的道理，但在那個是非顛倒、指鹿為馬的年代，卻是一種極其難能可貴、大無畏的獨立思考精神和勇氣。在那個不把人當「人」看待的荒誕時代裏，遇羅克爭取自身作一個「人」、挺身維護千萬名「被侮辱和被損害的」人權的思想和行動，讓一整個時代的人為之動容，讓無數的後來人為之感佩。毋庸置疑，〈出身論〉即是文革中國的「人權宣言」、紅朝賤民的「解放宣言」。遇羅克堪稱二十世紀人類波瀾壯闊的人權事業在中國的先行者。

最瘋狂血腥的年代容不下一個獨立思考的清醒者。正如遇羅克自己所說：「世界在發瘋，理智的人註定是要做祭品的。」，但他表示：「假如我也挨鬥，我一定要記住兩件事：一、死不低頭；二、開始堅強最後還堅強。」。一九六八年，遇羅克被扣上「大造反革命輿論」、「思想反動透頂」、「陰謀進行暗殺活動」、「組織反革命小集團」、「反革命氣焰十分囂張」等罪名，旋即被捕。一九七〇年三月五日，遇羅克在北京工人體育場被宣判並執行死刑，年僅二十七歲。

大地之上飄舞著腥風血雨的年頭，一頭無辜的羔羊被吞噬。

四

一九八六年，王朝第三十八年，一位六十八歲的老共產黨員、雜誌副主編、作家在《深圳青年報》、《深圳特區工人報》上發表署名文章〈一黨專政只能導致專橫〉和〈兩極分化之我見——與鄧小平同志商榷〉。兩文毫不避諱地指出體制流弊，指名道姓批評總設計師。文章一出，高層震竦，朝野震驚。這位作者，叫王若望。

翌年，繼文革後的又一場政治運動開始發動，史稱「反對資產階級自由化」。運動中《深圳青年報》遭整肅取締。這年一月，被指為「資產階級自由化的老祖宗」的王若望，與另外兩位執政黨內主張民主化的人士同時被開除中共黨籍，並遭全國範圍批判，攻擊其「攻擊社會主義制度，醜化和否定中國共產黨的領導，反對和歪曲黨的現行政策等」。

三個月後，王若望冒著「估計會有更嚴重的橫逆襲來」的風險，發出〈致鄧小平的公開信〉。他以一個資深作家和社會活動家的身分，發出振聾發聵的三點呼籲：民主運動是歷史進步的動力；封鎖新聞自由助長當政腐化；學學經國先生加速改革步調。

王若望語重心長地對掌權者勸誡：「如果政治體制與執政黨本身不進行改革，真有萬千的好人，一旦坐在那樣的位置上，也會變得專制，目空一切或蛻化變質，而新聞報刊的獨家包辦，又助長了藏垢納污、為非作歹和濫用權力。」、「因此，如此反民主的專制獨裁的體制不僅調動不起人民創造力，經濟改革也難以為繼……開放言論新聞出版自由也是勢在必行，它是深入政治改革，真心做到安定團結的發動機和開路機。沒有輿論自由的安定團結，至多是維持萬馬齊喑奴隸式的安定團結，請不必用『安定團結』作籍口，來作為向人權、向民主運動開刀的理由吧！」

憂患民族前途的啟蒙先驅註定了命運的顛沛流離，這位聲名卓著的作家和老革命逐漸淪落成了一個囚犯、一個流亡者。這年八月，王若望被以「顛覆無產階級專政」罪名逮捕，以七十一歲高齡開始他平生的第三次入獄。一年後獲釋之後，他創辦《民主論壇》刊物，繼續為民主化求索呼籲。

再後來他攜夫人流亡美國，晚年得知身患絕症時以一句「寧肯客死他鄉！」拒絕了當局的「不可再發表批評文章，不可接觸『敏感人士』」的回國條件。二〇〇一年，流亡近十年的王若望成為第一個至死無法歸國的流亡者，在對家鄉和子女的思念中在異國他鄉與世長辭。一位將一生託付給中華文化的風骨嶙峋的老人，葉落歸不了根。

五

二〇〇五年，王朝第五十七年，新世紀的一場整風運動全面開展，簡稱為「保先教育」。這年，一位五十歲的長期致力於人權運動和民主憲政的獨立作家在海外出版了一本著作——《未來的自由中國在民間》，表達他寄希望一個未來「自由中國」的來臨於今日中國的「民間社會」。

他在書中的「作者手記」裏這樣闡述：

當中國民間的權利意識和自由意識覺醒之時，推動中國變革的根本希望就不在官府而在民間。覺醒之後的國人，只有堅持體制外立場和持之以恆發出獨立的聲音，必將逐漸凝聚成組織化的民間壓力。這才是催生民間的自發建設性力量的根本動力，也是使體制內部發生有益變化的最佳壓力，是形成官民之間的良性互動的最佳方式。

這位作者，就是剛剛榮獲諾貝爾和平獎的劉曉波。

這本著作是劉曉波長期思考、寫作和投入人權事業的思想結晶。正如挪威諾貝爾委員會頒獎詞所說：

二十年以來，劉曉波一直是基本人權在中國實踐的代言人。他曾參加了一九八九年的天安門抗議；他是作為中國人權宣言的《零八憲章》的執筆人——該憲章發表於二〇〇八年十二月十日，聯合國世界人權宣言六十周年紀念日。次年，劉曉波便被以「煽動顛覆國家政權」之名判處有期徒刑十一年並被剝奪政治權利兩年。劉先生一直明確表示，此審判既違反了中國憲法，也侵犯了基本人權。此項旨在確立普世人權的中國實踐的運動，得到了海內外眾多中國人的支持與響應。縱然身陷刑罰，劉曉波已經成為了方興未艾的中國人權奮鬥的標誌與豐碑。

二十多年來，劉曉波從一位知名的體制內學者走向並深深扎根於民間。他持之以恆地抨擊時弊、聲援民間維權、呼籲國家進行民主憲政改革，逐漸成了一個失去了講臺的教師、失去了發表園地的作家、失去了發言場所的公共知識人，甚至屢被跟蹤、監視、軟禁、數度入獄，二〇〇九年聖誕節又被判予十一年重刑。但即使被投進監牢，他在法庭上依然宣示「我沒有敵人。」他說：

因為仇恨會腐蝕一個人的智慧和良知，敵人意識將毒化一個民族的精神，煽動起你死我活的殘酷鬥爭，毀掉一個社會的寬容和人性，阻礙一個國家走向自由民主的進程。所以，我希望自己能夠超越個人的遭遇來看待國家的發展和社會的變化，以最大的善意對待政權的敵意，以愛化解恨。

寫作本文時，這位「以最大的善意對待政權的敵意」的五十四歲作家和人權活動家仍然陷身囹圄，被牆壁堵住了嘴唇，被高牆擋住了陽光。

六

林昭、遇羅克、王若望和劉曉波，四種人格形態，四種思想歷程，四種人生軌跡。在一個墮入網羅和戾氣的國度裏，這四個不同時空、氣質各異的人，全都選擇了相同的生存方式：抗爭，與此同時也就選擇了相同的歸宿：牢獄，甚至，血灑刑場。在一堵斧鉞在前的高大牆壁面前，他們凜然不易其色，執著地要去做一隻與之相撞的雞蛋，雖粉身碎骨也在所不惜。

在一個靠世故、痲木、隨聲附和才能生存下去的國家，他們不幸全都是純真的孩子。他們對自己的國家有著單純而美好的關懷和夢想，二十四歲的林昭是赤子，二十三歲的遇羅克是赤子，六十八歲的王若望和五十歲的劉曉波同樣也是赤子。可在這個吃人的尤其是吃孩子的國族，擁有一顆赤子之心的人，都不可避免地要走向被壓制、被囚禁、被流放、被殺戮的不歸路。他們四個人除了淪為刀俎上的魚肉以外，沒有別的路可走。這是民族的莫大羞辱，卻是他們的無上光榮。今日劉曉波榮獲的光榮獎項，也是屬於林昭、遇羅克和王若望的獎項。這枚崇高獎項同時也是在向他們致敬，向一甲子以來包括他們在內所有起而抗爭的赤子們致敬。

林昭的長詩、遇羅克的文章、王若望的公開信、劉曉波的著作，穿越紅朝得鼎以降反右、文革、反對資產階級自由化、保先教育幾大政治運動的歷史雲煙，並以悲壯之勢與之展開對決。這場不對稱的戰爭以焚書坑儒告終，卻戳穿了王朝冠冕堂皇的理想，和精心包裝的謊言，將固若金湯的王朝大廈撕開了一道口子，令色厲內荏的王朝膽戰心驚，顫抖不已。

在這片國土之上只通行一套價值系統，只允許發出保持一致的聲音之際，這些鋒芒銳利的文字，以噴薄之勢宣告權杖並不能夠所向披靡，良知和人心並沒有死絕。六十載中國，罕有的純正的漢語文字作品就是由這些「國家的敵人」書寫出來的。這些飽含血淚的文字，捍衛了千載而下漢語言的純潔，同時也保存了古老民族的一絲血脈，它們是這個東方民族落入劫難和淵暗之後，仍能夠撥雲見日的希望之所在。

一甲子的烏雲，籠罩著一個國運蹉跎的國家。在歷史的關節點，從林昭的一九五七，遇羅克的一九六六，到王若望的一九八六，再到劉曉波的二〇〇五，可以看得出，奮力掙開枷鎖衝出黑夜重圍的清醒者，早先是一個涉世未深的女大學生，一個國營工廠的學徒工，到了二十世紀八〇年代之後，站出來的卻是一個年輕時就投入革命、十九歲時入黨、年逾花甲時已是名重一時的老作家，和一個以「文壇黑馬」之姿聲名鵲起、正處於事業上升期的體制內青年學者。他們的覺醒之所以更出人意料，對時代人心更能產生莫大的影響力和衝擊力，是因為他們已獲得的體制內的身分和地位。他們寧願放棄這一切，全因他們在體制內部看穿了一個意識形態的神話，也看清了歷史的脈絡和必然走向。他們的覺醒也讓人看到，這個巨型的體制怪獸，不僅與普天下所有的獨立思考者為敵，也是其內部向往自由者的煉獄。

讓人稍感欣慰的是，為了擁抱自由也為了同胞獲得自由，八〇年代的王若望和今天的劉曉波付出了沉重的代價，但並沒有像以前的林昭和遇羅克那樣慘遭虐殺。當年，林昭在受盡磨難後孤獨地死去，遇羅克則在萬人齊呼的「打倒」聲中淒涼地死去。今天，無數的國人選擇公開或者默默地支持王若望和劉曉波，自願地與他們站到了一起。這一顯著的變化，表明肇始於一九八〇年代的公民社會，雖步履蹣跚卻也在曲折艱難中逐漸成長；更值得關注的是，二〇〇〇年代隨著互聯網時代的到來，言論和監督空間的擴大也導致民間社會的進一步勃興。

正因為此，曾經像鐵桶般緊箍著的密不透風的王朝再也不是「率土之濱，莫非王臣」了，權利意識和自由精神也像早春三月的野草那般，在這片國土上肆意瘋長了。

七

與此同時，昔日的林昭、遇羅克們像隕星一樣劃破夜幕後，隨即被湮滅在大地之上消失得無影無蹤。今天的王若望、劉曉波們則逐漸地浮出地表，已經並將會有越來越多的人知道他們的名字。昔日的芸芸眾生翹首仰望王朝的仁政，今天則有越來越多的人將目光投向民間，或扎根於民間社會以點滴之功開拓荒土。今天這個崇高獎項的授予正意味著，這個國家的社會變革從此進入一個全新的時代，她既是把榮冕交給一甲子歲月中不願匍匐在地的所有自由之魂，也是對致力於以和平方式爭取人權和自由的民間抗爭精神的肯定。

在這民心思變的時代，充滿希望的民間從新的起點啟程，必將走向公民力量充沛的前程。而再怎麼嚷著要復興要崛起的王朝，其前方也註定了將是一塊墓地。王朝堅硬的紙已經包不住民間騰躍的火，王朝鑄就的金盾已經阻擋不了民間揮舞的長矛，民間的律動就像那奮力湧向岸邊的海浪般不斷衝擊著頑石，不抵達自由的彼岸是不會停止下來的。

我知道不能高估這枚崇高獎項對這個國家變革所帶來的影響，我知道王朝的韌性常常超出善良人們的想像，我知道歷史長卷中變局的腳步聲常常姍姍來遲。但我知道，沒有人會否認，喪鐘終有一天將要為王朝而鳴，遲早而已。我也知道行走黑暗的道的王朝會惱羞成怒，批判的浪潮將會接踵而來。但即使它使出渾身解數來口誅筆伐、百般詆毀，這枚傳承百年的崇高獎項和她的光榮得主，以及那些漫漫長夜中散布亮光的不屈靈魂，依然要比王朝高貴。只因光明終將勝過黑暗，黑暗終要向光低頭。

如今黑夜已深，白晝將近，黎明的光，越照越明。自由之光臨照這片土地上的那一天，已經不太遙遠了。

寫於二〇一〇年十月十五日至十八日
二〇一〇年十一月十五日改定

自由的劇情不落幕

——惜別哈維爾

被譽為「自由象徵」的捷克劇作家、哲學家、詩人、七七憲章的主要發起人和天鵝絨革命的思想家之一哈維爾，於二〇一一年十二月十八日在家鄉逝世，享年七十五歲。一連數日，捷克全國教堂的鐘聲齊鳴，向這位捷克史上貢獻卓著的老人的辭世致哀。捷克為哈維爾舉行了國葬，這是捷克獨立以來的第一次國葬。當哈維爾的靈柩從布拉格市中心的十字路口運抵布拉格宮的時候，成千上萬的捷克民眾一路相隨，街道上無數次響起這個偉大的名字：瓦茨拉夫‧哈維爾，哈維爾，哈維爾！

作為二十世紀歐洲乃至世界範圍內一位重要的人物，如今當他告別人世，我們在紀念、緬懷他、回顧他的言行、著作和一生事業的同時，應當思索的問題是，今後我們該如何研究、理解乃至吸取他的精神養分？在這個新的世紀，他的思想、價值標準和道德風範是否仍應在我們的時代占據重要的一席之地？

這位老人一生經歷豐富但歷經坎坷，因為渴望自由、致力於國家民主化，他受過官方批判，作品從圖書館消失，家中被安上竊聽器，更是數度被判刑入獄，後來當選為捷克民主化轉型之後的首任民選總統。他留給世界的精神遺產可謂豐厚，在這個信息空前發達的資訊時代，我們仍有必要靜下心來閱讀他的作品、思考他的意義。作為一個捷克人，一個土木工程師的兒子，哈維爾深愛自己的國家，盡管這個國家在他四十多歲時，曾兩次以「危害共和國利益」、「顛覆共和國」罪名被判處有期徒刑，但他深愛這個國家，因為這是他生長於斯的土地，這片土地帶給他夢想和恥辱，他不願意逃避，他要深刻地介入這個國家的生活。捷克作為中歐地區的一個內陸國家，一個歐洲的小國，本來在這個世界上並不太起眼，但有了哈維爾，捷克在世人的心目中才變得重要而又清晰，並且引領我們的心靈向上提升，即使面對世間的黑暗也能夠期待彩虹，向往一片自由和希望的天空。

哈維爾本來是一名劇作家，上個世紀六〇年代，他創作的劇作不斷地在劇院上演，由此為他帶來名聲。但在華人世界，哈維爾為人熟知是在一九八九年當選捷克總統之後，他的著作被翻譯成中文得以傳播，我們才得以了解他的思想。他的著作在中文領域最有影響力的，是北京學者崔衛平翻譯、李慎之、徐友漁作序的《哈維爾文集》，因為生存環境、生存遭遇和價值追求的相似，這本文集流露出的哈維爾作為思想家和政治評論家的一面，讓我們感到格外親切，也感同身受並深有共鳴。

同時，在一九八九年之後中國思想界沉悶的年代，哈維爾著作思想的引入無疑具有重重的意義。但作為首先是文學家的戲劇作家和詩人，中文世界對哈維爾的劇作等文學作品卻很陌生，就連李慎之在《哈維爾文集》的序言中也坦誠「對他的劇作沒有看過一個字」，知識界乃至普通讀者更是很少有人讀過他的文學作品了，這不能不說是一件令人遺憾的事。

年輕時的哈維爾申請過就讀人文學科和戲劇學校，但屢遭拒絕，後來完成了戲劇學校的校外課程。作為一名熱愛文學和戲劇的青年，哈維爾在二十歲不到就開始寫作有關文學與創作的文章，二十四歲時開始寫作劇作，二十七歲時他的第一個劇作在劇院上演。之後，因不滿文藝領域的思想管控，他屢次在公開場合批評政府所控制的作家協會和言論管制。二戰之後的捷克由捷克斯洛伐克共產黨實行一黨執政，一九六八年發生民主化改革的「布拉格之春」，在此期間，哈維爾發表文章直接要求實行兩黨制，更要求籌組社會民主黨。但這場「布拉格之春」在蘇聯的軍事干預下失敗了，恢復哈維爾曾經在文章中命名的「後極權社會」。一九七五年，哈維爾發表〈給胡薩克總統的公開信〉。在這封信中，他提出了一個後來直至今日都廣為人知的命題：是生活在謊言還是真實中。

「謊言」、「暴力」、「絕對權力」，就這樣在「真實」和良善的生活態度面前被溶解了。哈維爾提出，「假如社會的支柱是在謊言中生活，那麼在真話中生活必然是對它最根本的威脅。正因為如此，這種罪行受到的懲罰比任何其他罪行更嚴厲。」在真話中生活，按照人的本性、內心的道德良知說話做事，這對極權主義來說是難以容忍、且是極端恐懼的事情。因為，「真理的細胞逐漸浸透到充斥著謊言的生活的軀體之中，最終導致其土崩瓦解。」他認為在這種後極權主義的時代裏，在政治的強力壓制之下，造成了社會上彌漫的恐懼氣氛，這種恐懼配合著權力的威懾力來獲取人民違心的服從，導致全社會普遍通過謊言謀求生存和利益，個人和社會道德墮落、良知泯滅，整個社會缺乏生氣、缺乏對美好生活的想像和對未來的憧憬。哈維爾以作家的良心說出了這幅現實景象，這還不夠，他更對此提出了解決問題的道路，那就是——「在真實中生活」。

在後極權社會裏，個人被強大的國家機器塑造成了渺小的、微不足道的原子化個體，社會上充斥著一種無力感。生處這樣的環境之中，是否就應該宿命地接受現實的一切，被動地順服無孔不入的權力巨手，對一切無動於衷、無所作為呢？哈維爾的答案是否定的。他認為，被剝奪了權力的無權者仍然是有權利的，這就是著名的「無權者的權力」的觀點。在〈無權者的權力〉一文中，他指出：

> 只有大家都願意在謊言中生活，才能產生這個社會制度。其原則必須讓所有的人接受，滲透一切事物。它絕不允許有人在真實中生活。因為任何越軌行為都是對原則的背叛，對整個體製造成了威脅……在後極權社會，真相在最廣泛的意義上有特別的重要性，這在其他環境下是聞所未聞的。真相在這個社會，作為權力的一個因素扮演更重要的角色，或者作為一種政治力量。

哈維爾不但是一個思想者、言說者，也是一個身體力行者。布拉格之春後，處於被監控狀態的哈維爾仍然寫作批評時政，呼籲改革，並要求當局釋放持不同政見者；一九七七年，他與其他作家和異議人士發布「七七憲章」，要求當局遵守赫爾辛基宣言中的人權條款。這份憲章如今已經是現代政治學領域的經典文獻了，並且鼓舞了世界各地追求自由民主的人們的心靈。哈維爾為此付出了極大的代價，他被當局扔進了監獄，後來因為肺病出獄，出獄後的哈維爾繼續擔任「七七憲章」的發言人，並且不斷發表批判文章。一九八八年，哈維爾發表《公民自由權運動宣言》，之後再度入獄。

他為了對自由民主的信念矢志不渝地與當局對抗，即使失去自由和健康也在所不惜，因為他相信，「時機一旦成熟，一個赤手空拳的平民百姓就能解除一個整師的武裝。這股力量並不直接參與權力鬥爭，而是對人的存在這個難於揣測的領域發生影響（難以預料的是在何時、何地、何種情況下，和多大程度上這種影響得以產生）。一場突然爆發的社會動亂，表面上鐵板一塊的政權內部的劇烈衝突或者社會和文化界氣候發生無法壓制的轉變。因為所有的問題的關鍵被謊言厚厚的外殼掩蓋著。我們無法弄清楚什麼時間那最後一刻會來，那最後的打擊會來。」

哈維爾一直所堅信的「最後一刻」終於到來了。時間，是一九八九年十一月，這年，哈維爾五十三歲，一場聲勢浩大的民主化運動來臨了，並且獲得勝利，捷克結束了專制制度，轉而實行多黨議會民主制，捷克迎來了民主的歷史新篇章。這場民主化運動被命名為天鵝絨革命，以與大規模的流血衝突的暴力革命相區隔，就像天鵝絨一般平和柔滑，出獄僅四十二天的哈維爾當選為總統。發生在捷克以及其他東歐國家、前蘇聯的這場民主化變革，改變了歐洲以及世界的民主版圖，深刻地影響了人類的歷史進程。

一九九〇年新年之際，哈維爾以國家元首身分發表新年獻辭：「人民，你們的政府還給你們了！」十多年的政治生涯並不在他的人生規劃當中，但是在人類的政治史中他既是一個異數，也是一個全新的範例。在從政過程中他實踐著自己多年以前的信念，「反政治的政治」，也即對「政治是骯髒的」提出有力的辯駁，不再將政治定義為權力的遊戲，而是一種人道的規則。他以作家的良知和知識人的品格，賦予政治人物一種全新的面貌，讓國際政治舞臺為之耳目一新，在一個利益至上、浮躁喧囂的時代，一個清潔的知識人將道德良知帶入到政治之中，，他的政治履歷讓我們看到政治的新的可能性，政治的人道的另一面。

雖然哈維爾先後擔任捷克聯邦及獨立後的捷克總統長達十多年，但是對於這位在文學及思想領域卓有建樹的劇作家，我認為不應用看待政治人物的眼光去打量他，也不應用政治家的標準去衡量他。我一向認為，文學和思想高於政治，政治是一時的，而文學和思想將永存。哈維爾是個擇善固執的文學家和思想家，他用自己的一生證明了這一點。他生於一個蕞爾小國，遭遇了嚴寒壓抑的政治嚴寒，但他懷揣自己的夢想步入了歷史的春天，並將自己的文字思想鑄入了人類文學史和思想史，成為不分國界、種族的全人類共同的精神財富。如今他雖已離去，但留下了閃光的文字、思想和道德風範，它們會在歷史和時光的長河中熠熠生輝。我們所要做的，是帶著敬意去翻閱這些篇章，然後祈願，哈維爾所追求的自由民主和人性尊嚴，能夠早日蒞臨我們的國土、我們的時代。我們更要從他的文字思想中汲取精神和信念的力量，義無反顧去走我們命定的道路。

曾將哈維爾著作譯成英文的加拿大作家保羅・威爾遜，於二〇〇三年為《紐約書評》寫的一篇書評中寫道：

> 哈維爾的一生，經常被比擬為一出戲，由他親自披掛上陣，領銜出演。因為哈維爾身為劇作家的成就，以及在國際舞臺上所受到的好評，讓此種比喻恰如其分。

如今以劇作家安身立命的哈維爾走入歷史，在他的人生舞臺終點向世界謝幕。但他一生為自由演出的這出戲，會在世間永相傳。就像一代代人類為自由所作的抗爭、所上演的劇情，永遠也不會落幕。

寫於二〇一一年十二月二十六日，哈維爾辭世後第八天

治史尤如攀登高山險嶺

——悼高華

在二〇一一年的十二月下旬，正當人們辭舊迎新、展望新年的時候，突然傳來正值中年的當代歷史學家、南京大學歷史系教授高華先生病逝的消息，在華人學術界和思想界引起相當的震動，多家網站開設紀念專題，華文世界許多媒體對他的病逝進行報導，他的生平著作也引起讀者公眾的廣泛關注。作為一名畢生的學者、史學研究者，高華短短五十七年的一生留給世界的著述其實並不太多，但其學術地位之高、學術品格之貞、著述影響之大卻是眾口一詞、交口讚譽的。

我是在二〇一一年十二月二十八日的《南方都市報》上，讀到「歷史學家高華於南京病逝」的報導才獲悉這一噩耗的，一連幾天，回想起以前讀高華著作文章的經歷，不由百感交集、思潮起伏，深深痛惜一位良知學者的英年早逝。

可以毫不誇張地說，高華的學術成就和學術品格使他成為當代知識人的典範人物。在世風日下、道德人心墮落、學界普遍沉淪的今日中國，高華長期對學術理想的追求和堅守，可以說是極其難能可貴的。由此，高華在這個歲末冬日的離世不僅僅是史學界、學術思想界的損失，也是一種學術精神和學人風骨的損失，同時也讓人看到「自由之思想、獨立之精神」這一學術精神的無比珍貴。

初讀高華，是二〇〇五年夏天在香港的時候，當時我在港大圖書館借閱到了早已聽聞的《紅太陽是怎樣升起的——延安整風運動的來龍去脈》一書，讀罷在震撼和心情沉重之餘，心中生出許多的思緒和感悟，但當時因為忙於其他事務，未能趁熱打鐵及時寫出一點感想的文字，現在想來有點遺憾。後來，我又陸續讀到高華的一些學術論文、學術隨筆，及其他學者對高華為文為人的評論文章，可以說對他這個人有了相當的了解。在他眾多的學術文章中，我印象較為深刻的，一個是他從女作家丁玲的生平入手，剖析二十世紀中國左翼知識分子和共產革命的關係的那篇文章，另一個是他評析三年「大饑荒」和一九六〇年代「四清運動」兩者之間關係的文章。

另外，高華提出的對史料的搜集、甄別、分析、運用的學術觀點，尤其是面對大量的零碎、缺乏系統性的學術資料，學者應如何對之進行鑒別並與其他資料相互印證、從而辨別真偽的一些看法，對我的寫作和研究工作亦頗有裨益。在閱讀了高華的著作文章後，我感受到他的身上既有中華文化中史學的「直筆」傳統、及「史家」傳統流傳下來的閃光品格，也有著現代知識人自由主義的氣質，如他自己在書中曾坦言：「如果說本書敘述中有什麼價值傾向的話，那就是我至今還深以為然的五四以後的新價值：民主、自由、獨立、社會正義和人道主義。」

高華的代表作，就是這本由香港中文大學出版社於二〇〇〇年出版的《紅太陽是怎樣升起的——延安整風運動的來龍去脈》，這本書出版十多年以來引起海內外廣泛關注，已經多次再版印刷，去年還出了簡體字版，其影響力及史家的功力於此可見一斑。已得到學術界公認的是，高華的這本著作是近一、二十年來中文史學界、思想界，對中國近現代歷史、尤其是中國共產革命歷史進行反思的一項重大學術成果。上海學者朱學勤認為，該書「在毛澤東研究、延安整風研究，從延安整風到文革的歷史研究，這三塊當中具有里程碑價值。」

發生在一九四〇年代的延安整風運動，是百年中共發展史上一個重大的、關鍵性的事件。自二十世紀初葉進入中國的蘇俄式的布爾什維克革命，起初帶有稚嫩的、浪漫的共產主義革命色彩，自從經歷了延安整風運動之後，其發生了從內在理念到外在行為模式的巨變。這場巨變，對於中國的共產革命獲得革命的勝利起著至關重要的作用，而一九四九年之後中共的歷次政治運動乃至於治國模式，均可以從延安整風運動中看到雛形，看到些許影子。可是，對於這樣一個二十世紀中國極其重要的政治運動，國內外對此的學術研究卻相當地薄弱，僅有少數零星的研究。原因一方面是因為史料的缺乏，檔案定期解密制度的缺乏，延安整風的一些史實被列為研究禁區，有關延安整風運動的檔案開放相當有限，延安整風的幾大領導機構的檔案基本未開放，當時的會議記錄更無從查閱。只是到了八〇年代，官方才少量披露了一些檔案；另一方面是因為幾十年來，官方對這段歷史的概括基本上是千篇一律的政治論述，諸如「黨的偉大功績」、「毛澤東思想的偉大勝利」等等，官方壟斷了對這段歷史的解釋話語權，對歷史的真相予以簡單化、模糊化甚至於隱瞞、重構。

基於此，高華這本著作的問世，從史學學術的角度來看，堪稱在延安整風運動這一研究領域的全面、系統並獨具慧眼的一部學術專著，用該書提要中所說「是目前海內外唯一一本全面研究延安整風運動的歷史著作」；從思想史的角度來看，這本著作有助於讀者理解二十世紀中國共產革命的發展、演變，以及一九四九年以前中共這一政黨如何走向「毛澤東主義化」、一九四九年之後中共各種政治運動的規律，進而反思二十世紀中國的民族悲劇；從歷史被蒙蔽、價值被顛倒的國情現狀來看，這本著作具有思想啟蒙的價值，在澄清歷史真相、還原歷史真貌的基礎上讓人清醒地看待國運民生、看到身處的人文環境，進而思考中國的前途道路。如他在該書後記中所敘述的「這是一本站在民間立場的個人寫作」，在前言中他立志要「拂去歷史的塵埃，將延安整風運動的真貌顯現出來，在官修的歷史之外，提供另一種歷史敘述和解釋，斯是吾願」。這是民間修史對歷史的「刮骨」與修復，也是學術良知、道德勇氣和歷史責任感對官修歷史的抗爭。

而支撐高華的學術良知和道德責任的，是他嚴謹的學術作風、治學態度。憑借對史學研究的扎實功底和成長於極左年代的經歷養成的敏銳感覺，高華耗費了長達十多年的時間，在浩如煙海的史料中皓首窮經，進行專業性的挖掘、考據、去偽存真的研究工作，以求證歷史的原貌、探尋歷史的真相。《紅太陽是怎樣升起的——延安整風運動的來龍去脈》一書中，有著上千條的註釋和幾百種的參考文獻，更為難得的是，他所依據的史料均是公開出版（主要是中國大陸公開出版）的資料，他在書中的敘述均是基於嚴實的史料基礎之上，堅持史家的用證據說話、據事言理的作風，有一份證據說一份話，而不是憑空想像，並且他在書中所作的評析，均用不同的材料加以佐證，正如歷史學者範文瀾所提倡的史學研究者的精神「板櫈甘坐十年冷，文章不寫一字空」。也因此，有關這段史實未來公布的檔案資料，很有可能只會進一步證實這本著作的敘述、評析，而難以推翻本書的整體框架、敘述和評斷。這樣的著作，必能經受得住時間的檢驗、歷史的考驗。旅法學者陳彥對此評價：「他用了十多年的時間來收集、考辨各種殘缺不全的檔案材料和零散的個人回憶，他善於從大量點滴事實中捕捉其間的內在聯繫，他的每一重要論據都有來源引證……這種嚴肅、實證的學風為此書奠定了信史的基礎，而這也正是其力量所在。」

無疑，高華選擇的是一條布滿荊棘的學術道路，這是一條寂寞、清貧甚至充滿艱難險阻的道路。以其資才，本應有更多的學術成果，但他研究所需資料和學術成果的發表均太過艱難，他從事研究所需的資料，大多數是依靠香港中文大學下屬的中國研究服務中心所藏資料，他的學術論文也大都只能在海外的學術刊物上發表。他的關於延安整風運動的研究專著，乃是一個風險大、收益小的研究項目，不僅對他的職稱評定沒有幫助，還會給他帶來不小的麻煩，甚至有可能一輩子也難以出版。他為自己的學術抉擇付出了代價，我所了解到的這方面的信息讓我無比地心酸，據上海學者許紀霖回憶：

寫《紅太陽》時候的高華，幾乎一貧如洗，只是一個副教授，在學術界很邊緣，按照一般人的想法，應該盡快解決職稱、拿幾個課題、賺些小錢。但高華真正關懷的，卻是歷史真相。在當今之世，一個國內重點大學的資深教授，卻連一套像樣的房子都買不起。他現在住的蝸居，還是借錢買的，房子裏到處都是書，連過道和廁所，都堆滿了他的資料。一個才華橫溢，出道又很早的歷史學家，選擇了一條最難走的路，一條研究不為主流認可的方向，沒有課題，沒有補助，也不受同行待見，在領導眼裏，簡直就是一個麻煩的製造者。

旅美學者何清漣也為此撰文：

那天在主校區演講完畢後，我去高華家看望他的夫人與公子。因為是晚上去的，記得是棟老式樓房，進門方知高華的生活很清寒。當時教育產業化還剛開始，學校教師的住房條件差，分給他的住房是一間半房子，當時正在讀高中的兒子高欣還要與人合住一間。當我參觀到他與同事合用的廚房時，他告訴我，他那本書稿就是每天等到大家不再使用廚房後，在那張小餐桌上完成的。想像著他數年來趴在那張桌子上，每晚就著黯淡的燈光伏案寫作的情景，心裏不免有點難過，於是半開玩笑說：今後寫高華逸事時，一定要將這段故事寫出來。讓大家知道這本傑出的著作是在如此艱苦的條件下寫成的。

被譽為「秉筆直書，青史垂範」的高華教授離去了，離開了這個喧囂勢利的世界。據《南都周刊》報導：

> 高華說，他是在充分自由的情況下寫作的。為做到不受牽絆，他從沒有向校方或者其他部門申請過任何資助。而且，在寫之前，他甚至並沒想過要出版。他只是覺得，人這一輩子，尤其在四十歲之後，要做一兩件自己認為有價值的事，而這件事在當時的他看來，意義足夠大。

其實，以高華的學術能力，如果天假以年，他定然能夠在學術園地結出更絢爛的成果，身為歷史學學者，五十多歲正值學術的黃金年紀，同時歷史學的研究需要很長時間的積累、沉澱，年齡越大，對歷史的感悟就越深邃，越能夠融會貫通。因為患病、精力不濟，他不得不放棄一些重大學術課題的研究和撰述，想到此，怎不令人唏噓、長嘆？他的學術界好友曾考慮到高華正處於學術成熟期，很多思考都未來得及付諸文字，希望能有一、兩位同輩學人與他長聊幾次，每次都錄下聲音，既為高華留下他的思考，也為學界少些遺憾。但這一設想，也因為他的猝然離世而予以擱淺，這實在是件令人惋惜的事。

高華在〈在史料的叢林中〉一文的最後有一段自白：

以國人而言，站在民間立場研究中共歷史，確是一項艱難而寂寞的事業，治史尤如在攀登高山險嶺，山間道路崎嶇，雲霧環繞，說不盡艱難苦澀，治史者只能小心翼翼，迂迂而行。然而這又是一項有意義的工作，正如陳教授（作者按，指臺灣歷史學者、中研院陳永發院士）所言，凡我國人，怎能忽略中共革命這一本世紀最重要的現象呢？……走筆至此，深深感到，寫信史難，寫中共信史更難，轉念又思之，難，固然是也，可是這其中何嘗未另有一番研究樂趣呢？

在今日的中國，在光明與黑暗之間，在這個喧囂浮躁的塵世間，且讓我們記住一位對自己的研究工作有著如此清醒認識、如此清晰定位的學者，如何甘之如飴地堅守自己的理想、自己的信念、自己的操守。在人文社科領域，作為同代人和後繼者的我們，倘能像他一樣在治學撰述的道路上不畏艱難地去攀登高山險嶺，想必歷史會多一些真相，學術思想界會多一份清明，中國也會多一份光明。

寫於二〇一二年一月二日

石在，火種不會絕

——緬懷司徒華

二〇一一年一月二十九日。香港尖沙咀聖安德烈教堂。六長四短象徵著「六四」精神長存的鐘聲，在司徒華先生的安息禮拜上餘音繚繞。全香港舉城向這位老先生致哀，南中國特區一副憂深思遠的身影就此走入歷史。如今隨著這位在香港歷史上書寫出濃墨重彩篇章的老人的離去，香港歷史進入了「後司徒華時代」，香港社運、民主化進程乃至中國民主事業的前景從此更加難料，更加令人憂心。

上個月初，當我聞訊這一噩耗時，就禁不住內心的震愕和傷悲。一位終生獻身於公義事業的長者未能親睹民主的蒞臨抱憾離去了！記得五年前的一個夏日微雨的午後，我在香港維多利亞公園曾與司徒老先生有過一次晤面，和短暫的交談，隨後身穿雨衣的他站到一張椅子上，對著即將參加遊行的人群發表演講，那日的場景如今歷歷在目。在這個彎曲悖謬的世代，寒夜壁燈之下，追憶這位在歷史的洪流中傲然卓立香江數十載的老先生，我的敬意彌漫心田，時光彷若一條濺起無數晶瑩水花的小溪，在我的思緒馳神之間，緩緩流淌。

我看見一個少年在故鄉廣東開平目睹日軍殺害平民，遂立志投身社會事業以報國民，此時抗戰的硝煙彌漫中華大地；我看見一位教中文和數學的青年老師看到教師同行普遍遭遇不公，決定挺身而出，從領導教師罷課開始投入社會運動，時值一九七零年代；我看見一位小學校長為爭取教師權益，故而創辦教師工會並用盡一生去呵護它，那是一九七三年；我看見一位本土社運領袖在中、英就香港前途進行談判過程中，被兩國同時拉攏，因堅守平民立場而未向任何一方靠攏；我看見一位資深教育家當選立法局議員後，因持愛國情操拒絕向英女王效忠，那是一九八五年；我看見一位基本法起草委員在北京「六四」事件發生後悲憤填膺毅然退出草委，此後踏上爭取國家民主的道路，那是一九八九年；我看見一位資深社運人士為推動香港民主，與戰友一同創辦香港首個民主派政黨，那是一九九〇年；我看見一位長者在夜晚的維園手持蠟燭在燭光前發表演講，在他的號召下數萬市民聚集維園共同紀念一場民族的悲劇，歷二十一年堅持未斷；我看見一位老先生新春前夕佇立維園年宵攤檔，為市民揮春題字，替他麾下的組織籌款；我看見一位老人臨終前在病榻上念念不忘他親手創辦的幾個政團的前途發展，對戰友叮囑再三。

司徒老先生的一生，就是香港故事的一疊卷帙，豐富多彩而又載沉載浮，他的面容總是愁悲、哀戚，一如他孜孜不倦的漫長人生，勞身焦思，勇往直前，起先是為了教育，後來是為了社運、政治和民主化，他此生致力的多項事業，全都是為了他生長於斯的香港，為了他心中的故土中國，為了這一小塊和那一大片土地上的平民。他不停地在為公義和善政吶喊，他不忍心看到時代向下沉淪，於是竭力要在暗夜裏發出一點微光，像一枝單薄的蠟燭，孤身上路，起而抗爭，從一個小學教員，漸漸地點燃了許許多多的人們心中的明燈，直到匯聚成一片燭光的海洋照徹黑沉沉的夜空。

這個勇銳耿介之士，這個擇善固執的男兒，舉著他不屈的拳頭，風塵僕僕奔走呼號，一直走到垂垂老矣，走到重症纏身躺臥床榻，他已不再是當年那個每天堅持游泳一小時的運動健將了，他甚至連在病床上長時間談話都有些力不從心了，但是他的理想抱負還在，他的愛還在。在生命征程的終點，他對戰友的囑咐是：「建設民主，同志仍須努力。」對義工留下的遺言是「我愛你們」。人生的重負不情願地放下，在新年鐘聲敲響的時刻，他奔向一個永恆的去處，天堂之門正在為他打開。

他對理想對信念的堅持，歷經風霜雨雪數十載而始終如一，讓他在社運低潮期、在民主前景黯淡的歲月裏不低頭不屈服，使得香港各界無論政治取向如何莫不震撼。這一份堅持打動了一代又一代的市民選擇跟他站在了一起，使得香港成為中國大地上世所矚目的自由燈塔。他的愛如此赤誠卻又如此地與眾不同，香港在「九七」前後湧現出那麼多的「愛國愛港」人士，可在這些人當中卻找不出幾個像他那樣將愛國落實為愛「每一個不自由的同胞」。這些人愛的是一個可以北上賺取財富、謀得權位、「經濟崛起」的國家，以及這個國家其後的政黨和位高權重者。而他愛的卻是天真爛漫的孩童，那些權益受到侵害的市民，那些四處逃亡的人，那些被打入另冊的人，那些遭受冤屈和欺壓的人們。

二〇〇四年，即將從議員任上退休的他在立法會施政報告辯論時發言：「我從來認為，民主的道路是漫長、曲折、崎嶇的。……這是一個十字架，有風險、有很大困難，我願意負擔到底。」這也是他常常對身邊的戰友同道的忠告。他清楚地知道，向威權統治爭取民主，必將是一條艱難險阻的道路。時至今日，香港的民主化進程仍然舉步維艱，中國的民主轉型更是遙遙無期，民主對於這個東方大國來說彷若「白雲在青天，可望不可即」。如今，推翻帝制、建立共和的辛亥革命已到了整整一百周年的紀念了，這塊土地和生活在這塊土地上的民眾依然生活在與百年前的晚清民初驚人相似的歷史困境之中，缺乏公義的體制、傲慢冷酷的公權力、崩潰的倫理道德、失控的社會秩序仍然困擾著飽經風霜的國人同胞。

但是我們依然對未來心懷指望，我們依然期待著如今坐困徬徨的香港、和潰亂頃危的中國，能夠終將有一天「山窮水盡疑無路，柳暗花明又一村。」，而轉型成為一個「公義如海浪滔滔，公平如波濤汩汩」的國度。因為時代畢竟已經不同以往了，隨著信息技術的空前發達和互聯網時代的到來，地球村上各個地方的民眾對普世價值的訴求進一步趨於共識，並且這樣的訴求正與日俱增，自由民主已是蔚成風氣而成為時代的潮流，就連被世人認為最不可能發生變局的穆斯林世界最近也爆發了民主運動衝擊波，專權體制在當今世界上已是日薄西山了。

對此，這位在著作自序中表示「活著一天，就奮鬥一天，抱著理想及信念，直至瞑目」的司徒老先生也一直持樂觀心態。二〇〇七年，他在撰文號召市民參加當年維園「六四」燭光集會時，曾引述魯迅的話「石在，火種是不會絕的」時解釋道：「只要有石在，相擊就會產生火花；這火花，就是火種；有了火種，就會有燭光。」是啊，多年來在夾縫中日漸滋萌的香港的公民社會和中國的民間社會就是堅固的磐石，民眾對權利和自由的訴求抗爭就是捂不住的火花，就是撲不滅的火種，必將有日燃燒成如繁星般輝光熒熒的一大片燭光。這一片自由的燭光將會越照越明，直到照遍古老的東方大地，直到告別暗夜，迎來黎明。

寫於二〇一〇年二月四日

閃爍著星星的蒼穹
——致一位陷身囹圄的長者

曉波，你沒看到那天庭外的場景，讓我告訴你。

那一天，北京好冷，氣溫零下六度。十二月下旬的天有些陰沉，街道上蒙著一層薄薄的霜霧，使得街景愈加清冷。成群的渡鴉迅疾飛過清曠的天空，發出低緩啞啞的聲音。有風嗖嗖吹著路旁一排排站立的樹，樹枝顫搖，那上面的葉子幾乎都快掉光了，更顯冬日的蕭颯景象。連街上揚起的塵埃也是沉重的，彌漫在空氣中，也重重地壓在人的心上，揮之不去。

更冷峻的，是法庭外聚集的人群臉上的表情，憤郁而又凝重。這天一大早，四面八方的人們就趕到這兒，來聲援一位陷身囹圄候判的長者，就是你。還有三十多家的境外媒體記者攜帶著採訪器材，在人群中穿梭。寒氣襲人的街頭，人們三三兩兩地站在法院拉開的警戒線之外，焦急地等待著，宣判的那一刻。有人在街邊的欄桿上繫上了一根根黃絲帶，宛若一束束的黃色火焰，隨風搖曳。

這一年，你已經年過半百。再過幾天，就是你的五十四周歲生日了。可是這個生日，你有可能恢復自由，回家和親友相聚、共同慶祝生日嗎？這天法庭上的你，顯得蒼老而又疲倦。自從前一年的十二月，你因起草和發起一份關於中國政治改革的憲章在家中被帶走，從此失去自由到今天，已有整整的一年時間了。曉波，你受苦了。

這一年的十二月，世界很不安寧。臺灣的花蓮發生了近三年來規模最大的芮氏六點八級強震，造成多人傷亡。甲型H1N1流感繼續肆虐全球，截止這個月已造成全球三十億人感染。西亞的阿富汗大選期間及過後，塔利班在阿富汗全境近乎瘋狂地製造襲擊，包括政府高官在內的多人血肉橫飛，駐阿北約部隊總部、聯合國招待所等重要目標均遭受襲擊。十二月一日，美國總統歐巴馬宣布，將向阿富汗增兵三萬。在丹麥的哥本哈根，舉行了二〇〇九年聯合國氣候變化大會，討論日益嚴重的全球變暖問題，以及越來越多的乾旱、水災等災害的應對措施。

身處這樣一個動蕩不安的世界，讓我更加珍惜每一個相知相識的人。哥本哈根大會被國際輿論稱之為「拯救全人類的最後一次機會」，可是這一天，我不關心全人類，只關心你。

這天清早起來，我就在心裏念叨著關於你的消息，打開報紙和網站，香港、臺灣和海外媒體的新聞都在關注著北京的這場宣判。而我，既急迫地等待那最後的結局，又害怕聽到那個結果，甚至暗暗期待奇蹟的發生。這天無論我做什麼，心裏總是忐忑不安，腦海裏不斷浮現出你來到我生命中的那些最初日子。

那是一九八九年。這個年份改變了人類歷史的走向，也改變了許多人的命運，包括你，年輕的北師大中文系講師。那一年，你在重洋之外的哥倫比亞大學做訪問學者，當國內的學運正如火如荼的時候，你出人意料地毅然回國來到北京的廣場。那年我十四歲，正處於叛逆的青春期，高中生活剛剛鋪展在我的面前，在春盡花殘的時節，我收聽著廣播獨自去上學。現實是那樣冷酷，心情是那樣壓抑，在我的日記本裏有這樣一句話：「我反抗，我恨惡這個世界。」一個摧戕人性、培育奴性的教育體制如同一座監牢，無時無刻不在束縛著我，我的心靈世界脆弱而又荒蕪。

這時候，你來了，以一種特別的方式介入我的生活。那年初夏的腥風血雨剛過去，電視上開始每日控訴、揭露一位大學老師的「黑手面目」，報紙上鋪天蓋地刊載攻擊這位老師的文章，還登出他往日所撰寫的文章、發表的言論，說是要提供給讀者一個「反面教材」。

那個人，就是你。我開始背著人偷偷地裁減、收集報紙上所有你寫的文章，然後躲起來如饑似渴地閱讀，內心有如潮水般的湧動激蕩。在我自己那個小小的房間內，我用鋼筆劃出震動我的那一行行字句，江蘇的酷暑讓我每日遙想遠在北方的你。

再後來，我又盯上了中文系出身的父親書櫥裏擺放著的你的幾本書，你那充滿熱情的批判性思維，以及對體制和人性的黑暗的剖析，重重地撞擊著我的心臟。同時我也開始四處尋找你所推崇的康德，還有尼采、卡夫卡、卡繆、里爾克、聖・奧古斯丁、杜思妥耶夫斯基等人的作品來看，甚至因為你的緣故，我始終對黑格爾的哲學沒有好感。我曾寫過一封長長的信給你，但後來得知你已被北師大掃地出門，不知該往哪投寄，只得放入抽屜，任它蒙塵。

一九九七年十月，我二十二歲，在參加完一場重要的考試後坐車去北京旅遊幾日，並打算順道看望你。但當我接連打了幾個電話，才得知你已在此前一年因公開倡議反腐敗和民主法治，而被「勞動教養」三年。當時的你，正在遼寧大連的勞動教養院裏，接受「勞動改造」，我只好帶著失望離開了北京。那個秋天北京街頭的黃葉飄落了一地，像我臨別時失落的心情。我終是沒有機會向你表達我對你的敬意，我也一直沒能當面告訴你，當年你的文章言行烙在我的心頭有多深。

去年夏天，我受友人委托為你整理《大國沉淪》一書，你的文章再一次鋪開置於我的案頭。窗外皎潔的月光和室內檯燈的光暈一齊向著桌上的紙張傾瀉，一瞬間我竟不知今夕何夕。柔和的光在A4紙上的字裏行間起伏蕩漾，我好似又回到了少年時代，我彷彿聞到那年夏天盛開的梔子花香，我彷彿聽見當年那個少年人激動的心跳。

後來聽說這本書在臺灣出版上市，我好高興，看到那金黃色的封面和出版社的推介文字，心裏洋溢著沉甸甸的收獲的喜悅。我開始關注媒體上對這本書的報導，還將倪匡先生在香港媒體上寫的書評收藏下來。我忽然發現，我關心你的書上市後的影響，甚至超過了對自己的書的期待。

去年秋天，我托余傑先生帶了一盒巧克力給你太太，你的患難伴侶，霞姐。同時手抄了北宋詩人楊萬里的那首七絕〈桂源鋪〉，轉送給你。這是胡適先生生前最喜愛的一首詩，曾經謄寫下來饋贈給因爭取自由民主鋃鐺入獄的好友雷震先生：

萬山不許一溪奔，
攔得溪聲日夜喧。
到得前頭山腳盡，
堂堂溪水出前村。

這首詩，不正是你這二十年來走過的道路的真實寫照嗎？從當年走上廣場開始，你便徹底與體制決裂，就此走入民間。

二十年來，你一直站在時代的前臺，衝在中國知識分子的最前頭。你對二十年來這片國土上發生的幾乎所有的公共事件重大事件都發言介入，批評時弊，參與維權，呼籲政改。二十年來你所撰寫的文章、發表的聲明、起草的公開信，如汩汩流淌的一泓泉水，舀不竭淌不完流不盡。這一路走來，你一直堅守在民間。

是的，曉波，你永遠在堅守，永遠在精進，永遠沒有停歇——。二十年了，你始終持守著熱情和坦蕩，持守著良知和責任，也持守著知識分子最可貴的「獨立之精神、自由之思想」。在九〇年代以來席捲中國的商海大潮、犬儒主義盛行、道德人心墮落的時代，多少學者作家文化人轉而或歸順權力，或潛游商海，甚或為虎作倀，昔日你的八〇年代持西化論、高呼民主自由的戰友們紛紛妥協，在權力或利益面前紛紛拱手投降，唯有你，二十年來始終堅持自己當年對自由、尊嚴和創造力的信念，執著依舊。

可是，永遠橫亙在你面前的如同楊萬里詩中的「萬山」般的強大體制，多年來竭力攔阻你這個堂堂「溪水」的日夜喧騰。他們對你利誘恐嚇，他們對你跟蹤盯梢，他們對你軟禁監視，他們將你投進監牢，他們將你劃入據說是所謂「敏感人士」的名單。可是你從不曾低頭，仍然鍥而不捨地批判專制和蒙蔽，呼喚公義和良知。我始終不明白的是，為什麼你竟從沒有半點怨恨？

你寬恕了抓捕你的警察、起訴你的檢察官、審判你的法官、關押你的管教，你善待負責監視你的暗探，甚至寬恕了在他們背後作決策的人。就在前天的庭審自辯中，你依然在庭上宣示：「我沒有敵人。」你本來最有資格傾向於「仇恨」和「激進」，可是你卻堅持走一條溫和、理性的憲政改革之路：你選擇了溫和改良，而不是暴力革命；選擇了和平轉型，而不是激進變革；選擇了和解寬容，而不是仇恨報復。

我多麼感動於你和霞姐之間的愛情，如同我感動於你的堅強和寬容。你們在牢獄中結合，剛一結婚便是長達數年的被一道高牆隔開的兩地分居。從此後你們成了一對患難夫妻，彼此攙扶、甘苦與共、相濡以沫。接下來的，是相依相伴一同過著長年與整個國家機器對峙的艱難生活。

但是你們心中有愛，你們用愛和信念來對抗邪惡和苦難，那愛和信念的力量超越殘酷的政治，也溫暖著彼此。霞姐說她無悔於嫁給你這個「國家的敵人」，而甘願和你一同淪為「政治賤民」，我能夠想像得出，這麼多年來這位同樣令人尊敬的女性所承受的不為外人所知的苦。而你在庭審的最後，對她說出了你滿心的感激和愧疚，讓我為之潸然淚下：

我在有形的監獄中服刑，你在無形的心獄中等待，你的愛，就是超越高牆、穿透鐵窗的陽光，撫摸我的每寸皮膚，溫暖我的每個細胞，讓我始終保有內心的平和、坦蕩與明亮，讓獄中的每分鐘都充滿意義。而我對你的愛，充滿了負疚和歉意，有時沉重得讓我腳步蹣跚。

那麼，這一天的宣判會不會將你，歸還給在家中苦苦等候的霞姐呢？

二十幾分鐘的庭審匆匆結束，你就被迅速帶離法庭。人們等到的，是十五個國家的駐華外交官員在法院門口宣讀的聯合聲明，他們對判決結果表示「遺憾」：十一年。

雖然此前人們並沒有樂觀地認為你會輕易獲得釋放，對於你可能遭遇的牢獄之災也已有心理準備，但最終的結果——這個近些年來在因言獲罪的案件中創紀錄的刑期數字——仍然使人們感到震驚和憤懣。

我的心揪心地痛。曉波，昔日讀遍你的文章，今日聽到你的刑期，我只想長哭。

在這個人人爭相歸順臣服、跪拜謝恩、卑躬屈膝、隨波逐流、或自覺或不自覺地成為奴隸和奴才的國家，你的所作所為僅僅只是想做一個站立著的「人」，一個有尊嚴的「人」啊！在這個數千年來走不出專制陰霾和歷史怪圈的國度，你只想給中國的未來一次機會啊！可是，為什麼你的一生，卻總也走不出那高聳的鐵欄和圍牆!?

我為你痛哭，為你本不應有的屢遭罪罰的人生而痛，為你與生俱來無語問蒼天甩也甩不掉望不到盡頭的苦難而哭。

那天，除了中國大陸以外的全世界媒體、各國政要、國際非政府組織、著名知識分子都在關注著你，為你的案情作出報導發出聲明呼籲，可是如此世所矚目的高曝光率背後那高牆下將要來臨的幾千個難熬的日日夜夜，誰又看見了？你因言獲罪的文章被人們爭相傳閱，你的相片被人們雙手舉過頭頂高呼「還他自由」，可是，你在哪裏？

我不敢想像，那鐐銬和鐵鏈，那暗無天日的牢房，真的要鎖住你十一個春夏秋冬、四千零二十一個白日和夜晚嗎？再過十一年你就六十五歲了，難道人們再見到那張熟悉的臉龐時，非得一定是年逾六旬有五的你嗎？北京學者賀衛方先生在德國媒體對他進行採訪時，反問記者道：「你真以為他會在牢裏服滿十一年？」賀先生對你的早日出獄是持樂觀心態的，可是，會嗎？

如今你身在獄中——這已是你第四度正式的長期的服刑了——這個世界上有許許多多的人在為你的重獲自由奔走呼號，更有無數的你相識或不相識的人在牽掛著你，為你祝福。你在裏面可曾知道，然後因此而增添信心和希望？深受康德哲學影響的你，還記得康德的那句名言嗎：

能充實心靈的東西，
乃是閃爍著星星的蒼穹，
以及我內心的道德律。

在裏面，你會反覆誦念這句話的，我知道。你的肉身雖承受著苦難，可是你的心靈無比充實，我也知道。我會為你的平安健康祈禱，並期盼著你早日歸來的那一天。我還知道，屆時你必將一如往昔綻放爽朗的笑容，並再度如鷹擊長空，翱翔在群星閃爍的蒼穹。

曉波，霞姐在家中等你，所有關心你的人在等你，等你恢復自由的那一天。到了那天，定然會有好菜和好煙、鮮花和掌聲等著你，我會留意刻錄下你最鐘愛的歐錦賽和英超的重要足球賽事的光盤等著你，寄給你，讓你回到家中盡情觀賞。看一百遍。

曉波，在裏面，多保重。所有關心你的人，在外面，等你回來。

初稿寫於二〇一〇年四月二十九日
改定於二〇一〇年九月十七日
二〇一二年八月六日再度修改

哭梅

一個古時以湖水、江潮和絲織文化馳名天下的東南名郡，一個半世紀前清王朝辟為杭州府的地方，我曾經兩次到過這裏短暫停留，繼而留連忘返的城市，就是那年的他歸心似箭的去處。整整一個冬季，他在京城想念故鄉的梅花，回顧自己多舛的一生，以賦詩作文的方式遣懷詠志，指斥時弊，像如今的我時常做的事情。我的詩中有慷慨悲歌，他的詩中有浩蕩離愁，還有緊接著的一句——「吟鞭東指即天涯」。

他要回到天涯，天涯是他的家鄉，家鄉有他思念的梅。

那一年是中國的乙亥年，他離家來京已逾二十個年頭了。時代正加速沉淪，糜爛，庸朽，黯淡，異常狂躁，帝國的大廈日漸顯露敗象，危若朝露，空氣中彌漫著他早就預言的「衰世」氣息。日曆翻到春分時節，冰雪開始融化，百鳥開始鳴唱，北伐的燕子銜來南方的訊息。此刻的江南鶯飛草長，油菜花香，誘得他那顆埋藏地底的南歸的心思，迫不及待地要破土而出。

兩個月後他辭官，雇車，啟程，轆轆的車輪載著他的百卷詩文，馬鞭起落，塵土揚起，悄然出城，宛若枝頭上掉下來的「落花」。

這是一趟不歸路。他已經不能回頭，盡管前方將是一塊墓碑。他已隱隱嗅到梅子成熟的酸性的味道。江南此時已是梅雨季節了，天空晦暗，天氣燠熱，陰天和雨水時斷時續，一種難言的暖味和壓抑籠罩大地，猶如他時時刻刻關注的時局。這隻離群的雁，這位憂憤的詩人，滿腹新知的政論家，壯志未酬的下僚，垂著辮子的叛逆者，改良主義的先驅，在車轔轔中涕淚交流，夙夜憂嘆，憂患國運、民生和民族文化的困厄，諦視自己的前世今生。

他以他的龔姓、以及他那著述豐富的學人家族為榮，在歷史的長河中將要留下自己的撰述：定庵全集，讓後世人得以揣摩近代中國新、舊文明碰撞時的壯烈，猶如一曲餘音繚繞的感傷的樂章蕩氣回腸，猶如一朵梅花在瑟瑟風雪中吐蕊怒放。

他想到自己一生種梅無數，並且常常以梅花自況。他甚至就是一朵梅花。經歷了死別、落第、排擠、閒曹、漂泊，如此動蕩沉浮的生活貫穿了他的整個成年生活，構成他的生命底色。他感受著現世的凜冽和幽淒，感受著王朝的零落和遲暮，這一切始終布滿農耕文明的氣息，這是他無法逃脫的宿命。可是在精神深處，他要彈奏自己的新曲，拉開新式文明的帷幕，書寫那些充滿願景、憤懣和悲觀主義色彩的詩篇。那裏面描述了京師的渾濁污穢、暗淡無光，發出大廈將傾的警告，甚至還設計出一系列革新的主張，那是殿試的答卷，洋洋灑灑千餘言的上書，與友人詩酒酬唱聚會時的感發，鬥室內寒夜秉燭下的一揮而就。

落在紙上的文字在歲寒和暗夜中閃閃發光。它們來自肺腑，所以情感飽滿和直陳無隱，像是神話裏的什麼東西，又像是來自僻遠的山野的呼喊。那片山野不屬於庸官、奴才、文痞和市儈，它只對狷夫、悴民和隱者開放，那兒傳出的聲音將揭穿花團錦簇、天下升平的虛華景象，令多磕頭、少說話的滿朝權臣惶恐不安，將百姓的艱困和愁苦公之於眾。王朝卻捂上了耳朵，假裝什麼都聽不到，只待蓄發易服的饑民們北上的隆隆戰鼓聲將它轟醒，在與鄰國的一場海戰慘敗後捶胸頓足。

他想到昔日埋首於字紙堆裏的生活，那些文章讓思想成為道路。路上回蕩著他的長嘯低吟，這聲音不被世界接受，有些甚至還很陰暗。但陰暗的背後恰恰是光，黑暗要為它讓路。這條路敞開了另一片天空，他似乎聞到梅的芳香溢滿整個天空，盡管花期已過，但在他的心靈原野上卻永遠綻放，端莊，繁盛，嬌美多姿。

越過九千里的半壁河山，兩個半月的風雨行程，待到立秋時分，他將在故土與她們相逢，然後，向她們訴說悠悠無盡的心事，而這，只有她們能懂。他將採辦三百盆栽購回家中，而後新辟一座梅園，他的梅園。

怎料得到憂憤再次吞噬了他，彷若經歷了一場橫災；他的心再次被戮傷，彷若墮入最深最黑的夜：「予購三百盆，皆病者，無一完者。」

跋山涉水歸來，映入他眼簾的故鄉的梅竟然無一完好健康，全都是些氣息奄奄的畸形的病梅！高歌的夜鶯在蠅虻們運計鋪謀的戰果面前心神俱裂，它們嗡嗡叫道：我們要砍掉梅端正的枝幹，培養她傾斜的側枝；我們要除去梅繁密的枝幹，傷害她的嫩枝；我們要鋤掉梅筆直的枝幹，阻礙她的生機。比起畏寒啼曉的鶡旦來說，蠅虻們顯得無比的理直氣壯：我們要摧殘梅，用這樣的方法來謀求高價。

晝夜兼程後相逢的喜悅，剎那間煙消雲散。青檀樹皮製成的紙張記錄了他此刻的心情：「既泣之三日」——這個詩風哀婉卻從不落淚的男人，如今在久別的家中書房裏呆坐、踱步，連續三日，慟哭不止。那幾日，光很少很少，白晝近乎黑暗，這城裏的蟲蛾四處竄逸，草木蕭疏，灩瀲的湖水、壯觀的江潮和錦繡的絲織不復往日光彩。

他想到自己年已四十七歲，他已經來日無多，他還有兩年。死亡的陰影正一點一點爬滿他的額際，既然一生傾心以梅，索性就將餘生託付吧。在死亡之神掌管的前夜，他對上蒼的祈求是這樣的：「安得使予多暇日」，然後呢，必當「廣貯江寧、杭州、蘇州之病梅」，他的心願是，「窮予生之光陰以療梅也哉！」。

這句星空下許下的諾言意思是，他要毀掉那些盆子，把梅全部種在地裏，解開捆綁它們的棕繩的束縛；放開她們，順著她們的天性，以五年為期限，務求使她們恢復本性，和健康的形態。用他詩中所說，他要——「化作春泥更護花」。三百盆梅安靜地守在地裏，等待著主人的澆灌、施肥、採光、修剪和培育，她們用全然信任的眼光看著他，好似平靜的月影映在水底，好似沉凝的一塊塊玉。

承諾和月光互相照耀著，純淨的光輝將中年男子帶回到了少年時代。他在痛苦的沉思中摒棄了抒情，荒草從一個香氣四溢的院落悄然退去，血管裏流淌的激情再度洶湧激蕩，名曰「病梅館記」的三百三十九字文言散文，將在這晚誕生。這是生命寫就的絕唱，字字血淚的篇章，王朝思想羽翼上最後的一絲輝煌。

就在這個普普通通的夜晚，他原意要挽回梅的英姿，卻在不經意間拯救了末路窮途的帝國文學，讓卑瑣庸俗和無病呻吟像殘渣一樣被迅速扔掉。朦朧月色下暗香浮動，清幽淡遠，那是梅香。這亦劍亦簫的書生，言多奇僻、志潔行芳的山中之民，同僚視之為「痼疾」，世人評價其「狂不可近」，他內心痛苦的律動此刻在空氣中有了回聲，他的心靈能夠聽見。這信念像金，讓他在生命走向衰老之際，心卻走向年輕。他又重拾起年少的癡狂，和少年人的銳利，他清楚梅的處境，就是兩百年天下書生的共同宿命，就是萬馬齊喑究可哀的潰爛之源。惟有這一縷清香，對他而言是親切的呼喚，是他哭泣著向往的完美。目睹日之將夕、悲風驟至，由此生發的悲涼、失意、孤寂、厭倦，如今都在這空中四溢的清香裏得到化解。梅香將撫慰這一切。

他徜徉在梅的香氣裏，這與他一生有著不解之緣的花中隱者，在東鄰的扶桑國度被賦予了「新生」的涵義，她們總是被超然脫俗的詩人所珍愛。松尾芭蕉在一面銅鏡面前端詳良久，心如止水，銅鏡的背面，總會鑄有各種圖案，而這一面的背面鑄有梅花。「無人探春來，鏡裏梅自開。」，他幾乎是脫口吟出這首徘句，任窗外輕柔的春風吹拂他的前額。鏡中的一枝獨秀，正是窗前的那株影隻形孤，沒有也無需成群簇擁的擁擠，卻依然有著濃烈的香氣，奔湧進來，飄散在室內，給他的心頭抹上了一層愁。

「暖簾之內，可愛北堂梅。」

芭蕉想到她時，感到渾身不安，胸腔猛烈顫動，他的心禁不住惆悵起來。他曾在寒夜為她披衣，秉燭相對，如今那個遁形遠世的倔強的女俳人，波斯園女，今夜她在哪一片星空下沉吟漫步？他輾轉反側，淚灑枕衾，難以入眠，花香自窗外向室內襲來，一陣濃，一陣淡。

迷蒙間他看見她嫵麗的笑容，聽見她柔和的細語，他多想為她添香磨墨，與她淺斟低唱，驅走她所有的寂寞與哀愁，不論她在哪裏，他都願帶她回到自己的故鄉，那長滿紅花和松茸的上野。

再過幾日，他將運來盆土和幼苗，在室內培育一株盆栽。明年早春二月，應當可以綻蕊結繡，花香滿屋，銜來春的氣象。這低級武士的兒子，熱愛旅行、飽經風霜的骷髏，何嘗不也是一株梅花？

尊崇唐代的詩仙，遊遍曠野和湖泊，如今只有與梅相伴、閉關清心，才能夠平心靜氣寫出動人的徘句。歲月的手臂輕緩地將紛擾和塵囂從他身上拂去，留下的，唯有純淨。「沾有梅瓣白。」

這鍾情於寒冬，並且在春天花期獨早的花兒，她的孤傲曾令我無限神往，在月夜裏震撼我黑色的瞳仁，讓我引她為唯一的知己。那時候我為義作戰卻遭逼迫，心如草枯乾，理想像花瓣一樣飄落在地，碾碎成泥。我曾在寂靜的山嶺蟄伏了一個漫長的冬天，那裏沒有蛆蠅、蚤虱和各式爬蟲，只有梅樹如海，梅花萬朵，盛開或者隱沒。

這花瓣五枚的花兒，有著既沉靜又熱烈的語言。她總是在風雪中歌唱。她在朔風中傲霜鬥雪時散落的基因，有幾粒已經潛入我的血液。那年我獨自奔赴南方，為那些困苦和窮乏的人申辯，為那些哀哭無告的人流淚，更為國的傾敗而哭。如今我在晨星下爭戰，唱著新歌去對抗黑暗和苦難，我的作品中必然有著清潔正直的吶喊。我在淒冷的寒夜伏案書寫，不僅書寫梅花的贊歌，也書寫困苦人的哀歌和王朝的挽歌。

現在不是梅的花期，這兒也不見梅的蹤影，這裏沒有人吟誦梅的詩詞歌賦，談論有關梅的傳說和故事。今晨我從睡夢中醒來，面壁趺坐，久久掙脫不開失望、沮喪的情緒，夢裏出現的梅園恍若船兒靠岸，讓我如此接近遠遁的時光。少時在家鄉，我曾看過開得最濃郁放肆的梅花，至今難以忘懷。

我在蘇北的小鎮出生，長大，然後離家，奔波，走遍天涯。那時候我是一個少年，鋒穎畢露，滿腔怨憤，有著純真的夢想和盼望，憧憬著愛情、正義和如火如荼的生活。如今我在沒有記憶的他鄉，憶念著充滿記憶的故鄉，回想著遙遠的過去的自己。我在塵埃中奔走，在蛻變中告別過去，恍惚間我竟不知道我是誰，憂憤的晚清詩人，鄰國江戶時代的俳人，來自江蘇的寫作者，還是竟然就是梅花在人間的化身？可我知道，梅的那一縷芬芳，會永遠飄散在我的心頭，伴我前行。

在暮色中獨行，我不知道未來會走向何方，也不去憂慮會走向何方。但我能確信，奔波的旅人——無論從前的，現在的——在旅途中會有知音，他們來自靈魂深處的哭號，梅一定會聆聽。

寫於二〇一〇年六月十一日於加州

與晚清的哭梅者離京返鄉的時間，

同樣是江浙一帶梅雨季節的六月，

期間相隔一百七十一年。

第四輯
讓夢想自由翱翔

知了，知了

不知何故，近來常常想起多年以前的一個夏天，那個我心無旁騖如水晶般明亮通澈的夏天。那年我二十二歲，在一家工廠裏當鍋爐工，工作崗位先後是：磨煤機值班工、灰漿泵（一級泵房、二級泵房）值班工。那時的我在單位裏既感到壓抑，卻又同時躊躇滿志，遂決意轉行另闖出一片天地。那個夏天我請了幾個月的假在家，整日在書房裏伏案準備秋天即將來臨的律師資格考試。

我的書房窗外有幾株枝繁葉茂的大樹，每到夏季，綠蔭襲人。更添生氣和活力的，是那幾株大樹上整整一個夏季都在鳴叫不已的蟬。歡唱不已的它們，是那個悶熱的夏天裏寂寞的我唯一的朋友。

可它們也有惱人的時候。記得在一個悶熱得要命、幾乎沒有一絲風的午後，我正埋首書桌做模擬試題，窗外傳來陣陣蟬的鳴叫聲——知了、知了……不知有多少的蟬兒發出聲音出來，或此起彼落，又或齊聲鳴叫，又或彼此唱和，甚或平平仄仄，甚或起起伏伏，高亢時帶著些歡欣，低沉時充滿了憂鬱，雖然有時像是一曲激昂慷慨的交響曲，卻又吵得我心煩意亂，無法安下心來答題。

我在想，它到底是來自哪裏的呢？它是來用鳴叫聲撫慰我的壓抑和煩悶的嗎？是來淨化我的心靈的嗎？我想不明白，只好合上書本和稿紙，乾脆走到躺椅上喝口水，歇息片刻。

趁休息間，到書架上查了些資料。原來我對面樹上的吵個不停的小小朋友，「英文名叫cicada，中文名俗稱『知了』，是一種同翅目的蟬科昆蟲。體長約二至五厘米，有兩對膜翅，複眼突出，單眼三個。多數蟬能發出有節奏的滴答聲或嗚嗚聲，但某些種類的聲音甚動聽。蟬曾用於民間醫藥，或用作宗教或貨幣的象徵，也是重要的食物，人們一度認為其鳴聲可預告天氣變化。」

通過手頭的書我了解到，當蟬還是幼蟲的時候，也就是被稱為「蛹」的，會在地下度過牠一生的頭兩三年，或許更長的一段時間，甚至長達十幾年（這對於壽命大多短暫的昆蟲來說絕對是高壽！）。此後，要經過五次蛻皮，才能從幼蟲變成成蟲。這其中有四次，是在地下進行的，而最後一次，則是鑽出土壤爬到樹上蛻去乾枯的淺黃色的蟬殼，然後就長大成為成蟲。在地下時間最久的是原產於美國東部地區的「十七年蟬」或「周期蟬」，這種蟬在地下要蟄伏十三或十七年，然後，破土而出。

我讀得驚訝極了。蟬，這長著翅膀的小小昆蟲，竟然可以獨自待在地下好幾年，甚至十幾年之久！在這幾年甚至十幾年當中，幼小的蟬就像那些冬眠的動物一樣深藏於地下，只是等待，等待重見天日的時分，等待自己長大成年的那一刻。我在猜想，牠怎會有如此大的耐心？是什麼動力，讓牠能耐著性子在黑暗中長年地一動也不動的呢？

這情形，讓我想到奇蹟，想到童話裏恆久的愛情，想到遠方積年冰封的雪山。落花成泥，一隻小小的蛹翩然而至，穿著薄薄的羽翼，在泥土的懷抱裏依偎、舒展，懷著對陽光的幻想，對未來的憧憬，對成長的期待，日復一日，年復一年，只是等待，等待。牠的昨天沉潛低微，明天將羽化成蟬，不管外面世界多麼繽紛或者嘈雜，牠總是守護著自我，成年累月地將自己的整個身軀親吻泥土，擁抱泥土。蟬蛹過分的耐心讓我驚嘆——牠是昆蟲家族中的自由主義者。是啊，真正的自由主義者必定是耐得住寂寞的，需要在暗夜裏期待晨光，不管黑夜有多深，黑暗有多長。而我，實在需要多多學習牠的定力和信心呢。

我繼續往下念，「中國人籠養雄蟬以聽其鳴聲，許多文化的神話、文學及音樂中提到過蟬。」一念到這，忽然想到，我曾讀過唐代駱賓王的一首詠蟬詩，印象深刻。駱賓王因幾次諷諫武則天以至下獄，在獄中他寫了一首傳誦至今的五言律詩，題曰〈在獄詠蟬〉，用憂傷的詩句道盡了對自身遭遇的慨嘆。這首詩的頸聯和結句為：

露重飛難進，
風多響易沉。
無人信高潔，
誰為表予心。

當年我讀到這首詩時真是又難過又感佩。誰都知道駱賓王是「初唐四傑」之一，本來少年成名，在詩歌的創作道路上聲譽日隆，名聲在外，雖然在仕途上經歷了一番挫折，卻也在後來得到了朝中有識之士的賞識提攜，在職務上屢次騰躍，被舉薦為侍禦史。正當他希望能夠施展才幹、大幹一番事業之際，卻因為敢於直言進諫，招致當權者的嫉恨而第三次被罷官革職，鋃鐺入獄。

正是這種含冤受辱、有口難辯、有志難伸的境遇，使他看清了宦海濁污，看透了世事險惡，讓他長期郁積在心頭的憂憤再一次噴發出來，從而將目光和才情投向自然界中的知己，那些在他困囚的鐵窗外居高飲潔、品性高雅的歌者——蟬。

這時的駱賓王就算作詩吟詠，也不再追求名震文壇，不再追求出仕有為了。他在痛苦中回首自己的來時路，反思時局的陰暗艱難，心中真是愁腸百結。他想到自己一生高潔耿介，行事為人端正，如今卻又無端受辱，縶身囹圄，與蟬的遭遇何其相像啊——蟬兒啊，清晨露水太重，你雖雙翼輕盈，卻難振翅向高處飛進；到黃昏冷風狂虐，你高亢的吟唱，也容易被風聲掩沉。你這枉居高樹啜飲清露的小東西，雖說清者自清，可濁世昏昏，根本無人相信你的高潔冰清啊！

如今女皇掌控朝政，任用酷吏，大開告密之門，我駱賓王就像身後有螳螂欲捕食的蟬兒一樣，仍處在朝廷內外奸邪勢力當道的深深危機之中。我自小就得到「江南神童」的美譽，七歲就會作詩，逐漸詩名在外，在齊魯之地更是人盡皆知，我以為憑自己學識精博就能施展平生抱負，在官場縱橫捭闔了，其實我何嘗預料得到官場竟如此黑暗呢？我怎會想到自己的人生道路竟是如此的荊棘叢生呢？哎，如今除了聲聲吶喊的你，我又能向誰表白自己皎皎高潔的一顆心呢？如今你一句句唱著「知了，知了」，你一定知道並且理解我心中的苦悶憂愁啊！只有你能為我而引頸高唱，也只有我能為你而長吟詠嘆，你是我的患難兄弟啊！蟬兒我的知己啊，我是再也離不開你的聲音的陪伴了。

一直以來，我對這位初唐才子的遭遇唏噓不已，卻又在心裏為他感到欣慰，畢竟在患難中，他找到了人生知己。看來那個夏天在我窗前吵鬧的蟬，牠在個人氣質上是強健的，甚至是敢於抗爭的——牠是昆蟲家族的民主主義者，卻又不是激進主義者，而是非暴力不合作主義者。在駱賓王的詩中，秋蟬因濃露重霜凍僵了牠的翅膀，難以向前飛，又因風太大而鳴聲不能遠傳，可是牠還是要掙扎著發出自己的聲音。

這真是令人欽佩的一幕——在重重的阻礙面前，它要以和平的方式爭取自己的言論自由，捍衛自己的表達自由，抵制撲面而來的壓迫和暴虐。它的聲音裏有憂鬱，有不平，有激昂，有抗爭，有孤傲耿直，有激濁揚清。不停抖動的兩翼，不停發出的鳴聲，盡顯其生命力的旺盛和堅韌不拔的意志。再回到書桌前繼續用功，我已經不再覺得牠太吵鬧，而是被牠打心裏折服了。

聽著窗外的陣陣蟬鳴聲，我的心裏湧起了一陣感慨。我應該感謝我的這一群可愛的小小朋友們，還有牠們那每日歡快的歌聲。正因為有了這些鳴叫的蟬，有了這些放聲歌唱的精靈，那年夏天在悶熱的鬥室內苦讀，於我終歸還是幸福的，牠們鼓舞了我的鬥志，激發了我的熱情，催我每日不停地去為夢想而奮鬥。

從那以後對我而言，夏天的熱情勝過春天的多情。只因夏天的自然界比春天裏多了一種聲音：知了，知了！

寫於二〇一一年三月二十一日

水的顏色

一

「現在我們一起來念杜甫的〈登岳陽樓〉：昔聞洞庭水，今上岳陽樓。吳楚東南坼，乾坤日夜浮。……」

講臺下一雙雙亮晶晶的眼睛望著我，抑揚頓挫的朗讀聲回蕩在教室上空，每個字、每個音都帶有稚嫩的童腔。

這是一群皮膚黝黑、活潑可愛的孩子，瘦弱而衣衫襤褸，他們當中最小的四、五歲，大的有十多歲，全都沒上過學，平常住在離教室不遠的蜂窩煤加工廠宿舍區。

宿舍區裏的大人，即孩子們的父母，大多來自雲南、貴州等地的邊遠鄉村，來到這裏以手製蜂窩煤、或撿拾垃圾為生，每戶均是一家好幾口擠在一間狹窄低矮的平房裏。煤廠的周圍是一個大垃圾場，孩子們每天就在煤灰四揚的煤廠裏、垃圾場附近嬉鬧玩耍，臉上、身上永遠都會沾滿黑乎乎的煤灰。這學期我的重心是準備碩士畢業論文，時間完全自主，於是，我來到了位於昆明城南的這家兒童救助服務中心，做義工教學服務。

念完了詩，我問大家：「同學們，水是什麼顏色的？」

「黑色！」清脆響亮的異口同聲。

我倏然楞住，驚訝得一時間說不出話來，緊接著鼻根一陣酸澀，內心翻江倒海似的複雜、難過而又無奈地翻騰。好在孩子們並沒有覺察得出，臉上依然流露出純真的、有如池塘裏荷花般清新的微笑。他們在等著我的回應，小小的腦袋微微上揚。

昆明的二月已是草生春淺，略帶寒意的春風大剌剌地吹著。陽光倒是很明媚，照射進教室裏落得滿牆滿地的光輝。

這一天，柏林的國際電影節頒獎典禮上星光璀璨，廣州的春季動漫嘉年華盛大喜慶，紐約的股市三大指數全線上漲，太空的神州飛船捷報頻傳——昆明的一群失學兒童，在社區的流動教室裏，聽他們的義工老師反覆地講解，水，是無色無味的，有時也會變成白色；但是水，原本並不是黑色的。

二

「這兩張是誰畫的？」教美術課的嚴老師將一份家庭作業高高舉起，以她每次生氣時慣有的怒容嚷道：「誰畫的，給我站出來！」

在嚴老師陰沉的目光掃描之下，坐在右側靠窗座位的楊夢玥怯生生地站了起來。

其實在嚴老師剛舉起畫的時候，大家已經猜到八九不離十肯定是她了。全班六十幾位同學當中，楊夢玥是最愛畫畫的，她畫畫的想像力之豐富在班上也是數一數二的。就因為對畫畫的愛好，楊夢玥在家可沒少挨父母的打罵，因為她在家裏牆上地上到處亂畫，弄髒了家裏不算，還常弄髒了自己的衣服。

真不曉得她爸媽是怎麼捨得打罵她的，在我們班，楊夢玥差不多是長得最漂亮的女生了，眼睛鼻子嘴巴眉毛樣樣好看，五官的比例也還是好看，眉清目秀的。不過她好像每天臨上學之前從來不梳頭似的，齊耳短髮總是很隨意地往上有些捲、有點翹，而且她人顯得比較瘦弱，看起來弱不禁風的樣子。

「又是你，我就猜到是你！你總是胡亂畫！」嚴老師一下子提高了嗓門，隨即清了清嗓子，指著手上的兩張畫說：

「上堂課我布置的作業是『七彩雲』和『月亮走，我也走』，一張讓你們畫天上的雲朵和太陽，另一張讓你們畫一個高掛在路前方夜空上的月亮，一個小朋友在後邊跟著走。你看看你，這上面畫的是什麼亂七八糟的？」

楊夢玥可憐巴巴地望著嚴老師的臉，然後又將視線移到自己的畫上。天哪，楊夢玥畫的可真有意思，跟我們每個人畫的都不太一樣——「七彩雲」，除了畫了幾塊雲朵之外，她居然畫了好幾個太陽，而我們都只畫了一個太陽；「月亮走，我也走」，我們畫的是高掛在夜空上的月亮，她卻把月亮畫在了水裏，成了水中月，岸上一個小朋友用繩子牽著月亮在走，這不就變成了「我走，月亮也走」了嗎？

「老師，『七彩雲』那張，我畫了幾個太陽，因為我心裏想天上如果太陽有好幾個的話，那這個世界不就更加明亮了嗎？『月亮走，我也走』那張，我想讓月亮在水裏被我牽著、跟在我的後頭走，這樣我就可以帶著月亮到處走走、到處看看了。」楊夢玥低低地、卻很清晰地解釋著。

只聽「啪」的一聲，嚴老師從講臺上一下子衝到楊夢玥課桌前，一隻手抓著她的肩膀猛烈搖晃，另一隻手左右開弓連扇她好幾個耳光，邊打邊咆哮：

「不是你想不想的問題，天上只有一個太陽，這是常識，畫幾個太陽是錯誤的。我叫你畫人跟在月亮後頭走，你就得按老師說的去畫，誰教你亂畫的？回去給我重新畫兩張，下堂課交上來！」

楊夢玥被打得站立不穩，身子前後搖晃著，抬手捂著流著淚的臉，但大家還是能看得出來：她的臉上出現了一大塊淤青，校服也被撕破脫了線，一枚紐扣滾落了下來，掉在地上。

停了手，嚴老師三下兩下撕碎了手中的畫，氣呼呼地將碎紙片扔進廢紙簍裏。細碎的小紙片飄灑在簍子邊沿、地上。教室裏死一般的寂靜，我們全都大氣不敢出一聲。

從此後，楊夢玥像是變了一個人，變得少言寡語了。更明顯的是，她畫畫越來越少了，以前課間休息或是自由活動課，她常一個人趴桌上畫畫，後來幾乎再也不見她畫了。她的美術課表現也越來越糟，一個簡單的「看圖畫畫」，別人差不多只需花十幾、二十分鐘的時間，她能畫上整整一堂課；美術作業以前她總是最先完成的，如今每次她都要先看看別人怎麼畫，然後再自己去畫。

楊夢玥變得不愛說話了，我卻變得不愛上學了。吸引我的，是街上一夜之間突然冒出來的一家家鐳射影廳，裏面放映著來自香港的警匪片、功夫片，和一家一家總是歌聲遠揚的音像店，裏面擺放著琳瑯滿目的臺灣流行音樂磁帶，每盤上面都印有「廣錄進字X號」的字樣。我開始逃課，跑到街上看遍了一部又一部的香港錄像片，再不就是跑進那些音像店裏，站在一盤盤磁帶面前端詳徘徊，記住每一盤磁帶的「廣錄進字」的編號，直到看得心裏湧出了悲哀和絕望，這才離開。然後，在心裏每日朝著香港和臺灣的方向，眺望，遐想。

學期快結束的一天，我終於被班主任抓到了，告到父親面前受了一陣好打和訓斥。再回到班上時，我發現楊夢玥的座位，也是空的。

同桌告訴我，嚴老師有次布置了標題為「小小手」的美術作業，其他同學有的畫一隻手，有的畫兩隻手，可楊夢玥不知怎麼搞的老毛病又犯了，她竟然畫了三隻手，被嚴老師判為不及格之外，還認定她「品德有問題」，再三盤問她班上同學曾經丟失的東西是不是她偷的。因為在我們老家，「三隻手」指的是比別人多了一隻手用來偷雞摸狗，也就是小偷的意思。楊夢玥撥浪鼓似的拚命搖頭，辯解說她畫一個小朋友長出了三隻手，是因為覺得這樣才顯得特別、可愛。

盛怒之下的嚴老師叫來了全校學生都害怕的教導主任，兩人把楊夢玥叫到講臺跟前責罰她：他倆將其他同學用剩下的美術顏料的污水污物，攪拌了幾下，然後當著全班同學的面逼著楊夢玥喝下。

楊夢玥被強逼著剛喝下一小口，就嘔吐不止，突然間她就精神不正常了，雙手不停顫抖，嘴裏說著胡話，狂喊著奔出教室。那場景讓不少女生都給嚇哭了。

眉清目秀的楊夢玥被她的父母送進了精神病院，她成了那家精神病院最小的病人。

這一年，楊夢玥十二歲。在班上年齡最小的我，十歲。

三

昆明的二月草發春淺，帶著寒意的春風隨意地吹著，陽光很明媚，照射得教室裏滿牆滿地的光輝。

一週後的語文課，我決定改上美術課。課前我準備了本節課所需要的水彩畫顏料、調色盤、彩筆、白紙等繪畫工具，我讓學生當場在白紙上畫一幅「蜻蜓戲水圖」，先畫一隻蜻蜓，畫幾隻也可以，然後再畫一池塘的水。大家問我：「老師，上次你說水是無色的，但是我們想畫成有顏色的水可不可以？」

「同學們，對於繪畫這門藝術來說，發揮想像力是非常有必要的，也是非常可貴的。你們畫水自己想用什麼顏色，儘管用。」我笑著回答。

這一天，教室外面的街道上人聲鼎沸，熱鬧得像趕集似的；不知來自何處的一陣花香飄拂過來，那香氣直沁人心肺；窗外的樹影投在室內的地板上來回晃動，樹上幾隻鳥歡快地叫著——一群孩子，在社區的流動教室裏，專心致志地在桌子上作畫。

我看著孩子們的小小手，先畫蜻蜓，再畫水，紅色、藍色、黃色、綠色、橙色、紫色……

寫於二〇一一年五月

成長的命運
——我的十年回首

二〇一〇年的十二月，世界很不安寧。朝鮮半島的上空，彌漫著濃濃的硝煙味。針對上個月北韓對韓國延坪島的炮擊，先是韓、美兩國的聯合軍演，兩天後輪到規模大六倍的日美聯合軍演。位於巴基斯坦西北部的部落地帶，傳出自殺式炸彈攻擊事件，慘劇造成五十人遇難，一百多人受傷。翌日，河南澠池縣的煤礦發生瓦斯爆炸，礦難中二十六條生命瞬間消逝。十日，全球矚目的挪威諾貝爾獎頒獎典禮上，為和平獎得主擺設的是一張空椅子，叫人心情沉重得無以復加。這個月，東非的三國——肯尼亞、坦桑尼亞和烏干達，將合並成一個統一的聯邦國家，開啟另一頁不可預知的歷史。

這是一個動蕩不安的世界，二十一世紀的第一個十年在離亂中趨近尾聲。

二〇一〇年的日曆即將翻過，世界各國媒體紛紛總結二十一世紀的頭十年，另一種說法叫做，「零零年代」。美國《時代》周刊用了個可怕的詞——「地獄十年」，為本國的「零零年代」做了總結，英國《獨立報》則選擇了「毀滅的十年」、「漂移的十年」作為關鍵詞，以此形容英國的這十年。最別致的說法來自俄羅斯的Infox通訊社，這家傳媒用「成長的命運」這一頗為傳神的詞匯，來概括俄羅斯的過去十年。他們說，這段命運與之前的經歷相關，也可能會影響下面的一切，命運本身是無法簡單評價的，但一切都在成長中。

說得真好啊。Infox通訊社的這段話讓我眼前一亮，感慨良多，追憶和反思如同滾滾翻騰的波浪般在我的內心難以遏止。我的這十年，有著太多的激動和歡欣，有著太多的悲憤和憂慮——好在，這無法簡單評價的命運啊，一切都在成長之中。

我在蘇北的一個小鎮出生、長大。上個世紀的最後一年，我辭掉國有企業（一家火力發電廠）的工作，離開江蘇，獨自遠赴一個陌生的南方城市為了理想去打拼，從而開始了我的法律職業生涯。我自幼鍾愛文學，性本狂驕孤傲，少有凌雲之志。少年時代，我立志要去尋找一條救人、救世的道路，欲將此生全身心投入去「仗人間之義」，憧憬著像馬丁·路德·金牧師那樣在「相信法律和秩序」的前提下為自己的同胞爭取自由和人權。那時我為自己找到了人生的方向和生命的意義常常激動不已。

就這樣，我懷抱著理想追求和一腔熱血選擇了法學專業，二十三歲那年，我考取並拿到了綠皮書——我夢寐以求的律師資格證書。

新世紀的第一年，我在福州的一家律師事務所實習滿一年後獲頒專職律師執業證。之後幾年間年我承辦了當時業界幾乎所有類型的法律事務，但最為傾心的仍屬與保障人權相關的業務，譬如刑事辯護、代理行政訴訟、代理行政複議及申請國家賠償、工傷索賠……等等。每日，我不停地在調查、取證、走訪、撰文、呼籲、辯護、吶喊、走近訪民，走進監所，走上法庭。白天，我為受損害受冤屈的人申辯，夜晚，我為哀哭困苦的人落淚。

當初研讀法學時曾立誓要為實現人權和正義勉盡心力，但現實的殘酷和荒誕遠遠超出了我的預料和想像。在眾多的案件進展過程中，我與我的當事人一同遭遇不公，一同品嚐敗果，一同承受痛苦。一個二十多歲年輕人的理想抱負和人格尊嚴在無情的現實面前遭到無情的摧毀。一度我陷入了失望、沮喪、徬徨和迷途之中。

我的夢想，在一個法律已淪為權力的奴婢的國度裏遭到重創，它像一隻斷翅的鳥兒，傷筋動骨，血流不止。可是它畢竟還沒有死掉。它一邊噙著淚水自己包紮傷口，一邊掙扎著鼓勵我要堅持下去。我們彼此攙扶，在非正義的繩索編織的網羅中艱難地、卻也始終堅強地挺立著。

我決心突出重圍。可是很長一段時間，我並不知道該往哪個方向行走。直到有一天，一個聲音在另外一條道路的路口呼喚著我。那個聲音來自我的整整五箱子藏書中那些人類思想史上的偉大心靈，來自我身處的時代那些持守良知且自由思想的獨立知識分子。在兩條道路相交叉的十字街頭，光明與黑暗正進行著激烈的爭鬥和搶奪。

那一刻，數年來我親歷親睹的場景一一在腦海浮現：那是一個個冤苦無告的生命的淒厲哭叫，那是國家機器肆意侵奪的駭人場景，那是我逐漸意識到自己「暫時做穩了奴隸」的真實生存處境。靈魂經受著前所未有的拷問，於是我不再猶豫，我像春蠶般奮力掙脫開層層的束縛，堅定地朝著另外一條道路走去。

從此後，我再不相信權力之手操控下的「法律和秩序」，而是決意要像梭羅倡導的那樣——「立即地抵制」。德國法學家拉德布魯赫曾說過，很多詩人都是從法學院逃逸的學生，我也成了其中一員。我鑽進去了，或者說，回歸了文學的一方天地，那兒是我的精神棲息地和靈魂療養院。

我開始做單兵作戰式的文字明志和抗爭。在從法學走向文學之路的關口，我反覆誦念著但丁在地獄出處的那句話：「從這裏我見到繁星空」。我也想見到屬於我的一片繁星空。現實世界已是如此的彎曲悖謬，而在文字堆砌的紙上世界裏，我的夢想又能夠自由地翱翔，飛向浩渺湛藍的蒼穹。

我開始了不斷寫作投稿發表的新生活。我寫自己熟悉的時政評論、學術文章和雜文政論，也寫我一直以來苦於無暇動筆的文學類作品：散文、人文隨筆、詩歌、散文詩和短篇小說。我寫的文章若囿於「國情」難以刊發的，就投往港澳臺媒體或者海外。我在這條寫作的道路上孤獨地辛勤耕耘，漸漸地讀者多了起來，直至後來有了自己的專欄，受到傳媒的關注和報導。

到了二〇〇六年，看到雜文政論類的文章發表的累積地多了，我就著手編纂了一個文集，受法國學者路易斯・博洛爾的政論名著《政治的罪惡》的啟發，我將那本文集命名為「政治，你有多少的罪惡？」然後去找出版商尋求出版機會。在遭到婉拒之後，我就自己將文稿打印出來，然後複印、裝訂成冊成為「自選集」，送給我的老師、同學、朋友和義工夥伴們。我在這本自己「出版」的文集扉頁上印上了兩行粗大醒目的大字，那是法國作家拉伯雷的話：「學術無良知就是靈魂的毀滅，政治無道德就是社會的毀滅。」這兩句話尤其是後一句是我那本文集最想表達的主題，也是我的法律職業生涯中最深切的體驗。

投入寫作的這些年來，是我的思想和意志、及對文學和學術的理解得以提升的重要人生階段。我要對寫作獻上答謝辭，是它重新放飛了我的夢想，在我的內心注入了一粒希望的火種，讓我一度瀕臨熄滅的信心的火花再度點燃。寫作也給了我一個機會，讓我得以選擇自己當行的人生道路和爭戰方式，它同時在洗滌我、錘煉我、啟發我，督促我每日與自己奮戰，敦行不怠。德國哲學家齊美爾闡述生命時曾說出了兩個命題：「生命比生命更多」和「生命超出生命」，對我而言，擁有寫作生涯的生命，就是屬於他所說的前一個「生命」之列。

我時常覺得，作為一個寫作者是幸運的，因為這是一項「無限可能的藝術」，能夠活出不同於肉體生命的另外一種精神生命，書寫出另一部生命之書。在當今這個信息暢通到無遠弗屆的時代，我的文字或許無法達到「經國濟世」之功效，但至少能如捷克作家格魯沙所說的僅僅是「一種自救，卻不能救世界」，只因為——我說了，我寫了，我的心靈平安了，我的靈魂得救了。

唐代邊塞詩人王昌齡在他的詩作〈從軍行二首〉中寫道：「百戰苦風塵，十年履霜露。」近年來我常常回味這一詩句。十年來我在歲月的旅程中征戰不已，歷經風霜遍嘗艱辛，但從未拱手而降。我慢慢地、慢慢地徹悟到，無論是法律工作還是文字寫作，失落也好，收獲也罷，都是我的生命之書中最珍貴的一個章節，我自當視同拱璧。命運於我，仍是厚待的，我已然不再浩嘆。在這個動蕩不安的塵世間載沉載浮，我的感恩，與命運同行，與命運共成長。

寫於二〇一〇年十二月十日

【代後記】支持我寫作的動力是對中國的愛和失望
——楚寒答中國某網媒文化版編輯訪談

編輯：楚寒先生您好，很高興您能接受我刊的訪談。讀您的文字，可以感受到一種含蓄明淨的氣度，一種對文學、對文化的深切思索。二〇〇九年十一月二十日鳳凰網轉載了人民日報中國作協主席鐵凝在文學創作座談會的講話，她認為，全球化造成了世界歷史上空前規模的文化比較。通過這種比較，中國的作家們會更深刻地領會到，什麼是我們血液裏和生命裏不可混淆的密碼和記號。請問您「血液裏和生命裏不可混淆的密碼和記號」能否與我們一道分享？

楚寒：謝謝。我已很久不讀這份以「人民」冠名的報紙了，不願受到智商和人格的雙重侮辱。我對中國作協主席的講話也了無興致，我並不認同作協這樣一個當代「養士制」的組織，不會去加入成為其一分子。

至於我「血液裏和生命裏不可混淆的密碼和記號」，恐怕與主席女士所提的不太一樣。因為個人的閱讀體驗和人生經歷使然，在我看來，中國的民族文化基本上是一種暴力文化、專制文化和權謀文化，其文化內核中「真善美」的因子是匱乏的。中國傳統文化的土壤裏只能產出壓抑人性的枷鎖，由此造就了一個悠久的漠視個體生命、缺乏愛和信仰的國度。

中國文化和哲學的病根子在於「壓制個人自由」，千載而下莫不如此。我們說文化是一個民族的生存土壤，那麼，貫穿中國傳統文化主線的先秦的儒法兩家、中古的宋明理學，加上現代的極權主義無疑要為此負上極大的責任。要擠出中國文化中的毒素，培育一種有人味的文明的現代文化，我們還有很長的一段路要走。

在我成長的過程中自身經歷和耳聞目睹留在血液裏和生命裏的感受，多的是那些痛苦和屈辱的記憶，那是個人自由被漠視，個性被壓抑，踐踏人的價值和尊嚴，不把人當「人」看待的遭遇和社會現象，更可怕的是愚民教育和謊言宣傳的無所不在，曾讓我感到非常的沮喪和絕望。美國小說家諾曼・梅勒有一句名言：「支持我寫作的動力是對美國的愛與失望」，這句話讓我深有同感，長久以來支持我寫作的動力一方面是對中國的愛，但另一方面更多的對中國的失望。

編輯：我覺得您的文字有力度、有關懷，文章透過對這些人物的抒寫，傳達了一種溫暖和力量。您在我們網站上發表的都是人物傳記，請問您選取人物的風格或者標準是什麼？

楚寒：我最為欽敬的人物是那些在歷史的長河中思考人類命運、探求人類前景的思想家們，包括文學家、哲人、宗教家、活動家、學者們，也包括少數的政治家。一部人類的歷史，同時也是一部思想觀念的交鋒碰撞史，人類之所以到現在還沒有完全墮落，人類社會的發展歷程之所以能不斷地與黑暗權勢搏擊抗衡、而後不斷地迎來光明，很大程度上要歸功於這些為人類的困境求索、為生靈的苦難追尋出路，而在現實世界中做出了超常獻身的人類史上的傑出人物。

我最看重他們身上的品格，同時也是我寫作選取人物的標準是他們身上擁有的人文理念和悲憫情懷，獨立意志和批判精神，以及能夠深切理解生命的本質和人類的苦難，維護人性自由和生命尊嚴，敢於擔當起歷史責任和時代使命的品質。

我很感興趣的是這些人物是怎樣致力於不讓時代往地獄裏沉淪，並尋求解決人類的生存困境的，他們又是如何獲取了強健的心靈力量的。去研究並去與人類思想史上這些偉大的人物對話，進而將他們的生命軌跡記錄下來寫在紙上，這是我平生感到最有價值和最快樂的事情之一。

編輯：讀您的文章，可以清晰的感受到一種獨特的韻味、一種人文關照的力度，一種耐人尋味的美。中國當代文學批評家洪治綱先生認為，藝術是一個慢的事業。與網絡的快是有距離的，快就讓人感覺是一次性消費，一次性消費是對藝術與情感的浪費。」請問您是如何看待網絡時代的藝術創作的？

楚寒：我基本上認同洪治綱先生的觀點。藝術家中的畫家、音樂家、雕塑家、攝影家等等他們的創作這裏不談，我就談談我所熟悉的文學創作吧。我認為文學創作大多需要長久的醞釀，包括選材、搜集資料、謀篇布局等工作，只有少數的創作僅靠一剎那的感受即可訴之筆端的。文學創作是心靈世界的探索，是搭建一個不同於現實世界的全新的紙上世界，完稿後需要適時的補充、反覆的修改，所以當然是「一個慢的事業」，更是一項辛苦的事業。

你看胡適對《紅樓夢》的評價是：「字字看來皆是血，十年辛苦不尋常。」曹雪芹自己也說他的創作過程「批閱十載，增刪五次」，雨果創作《悲慘世界》前後歷時了三十幾年，前些年也有外國漢學家批評過「中國作家寫得太快，導致中國當代文學作品裏有不少垃圾。」，說的不無道理，需要我們有則改之，無則加勉。總之，文學創作不同於新聞報導，後者的特點是時效性，講求「快」，新聞學裏頭有一句話叫做「新聞的生命只有一天」；而文學創作要經得起長久的時間的考驗。

至於網絡時代的文學創作，從一九九〇年代後期到今天，包括網絡文學在內的網絡文化的興起已經有十幾年了。這十多年來，網絡很大程度上改變了我們的生活方式，也在相對範圍內對文學有所衝擊，對文學創作有所影響。

就我個人的感受而言，網絡時代對文學創作的影響是一枚雙刃劍。從好的一方面來說，網絡產生之後，寫作者的表達空間拓寬了，寫作狀態較以前稍加自由了，一些思想獨立、過去被看成是異端的自由撰稿人得以走上文學的前臺和時代的舞臺，這在過去是難以想像的。從壞的一方面看，網絡時代出現了一些慾望泛濫的私語化或稱作身體寫作的文學現象，還有一股以小資生活為審美情調的時尚化寫作潮流。我覺得這些一味追求感官刺激、靠迎合大眾獵奇心理、放縱物欲和情慾的寫作方式離真正的文學相距甚遠，甚至可以說是背叛了文學。這種浮躁的、時尚化的「新」文學不符合我的閱讀口味，它們令我不忍卒讀。

網絡時代的資訊信息鋪瀉而來，網絡傳播的速度也是空前的，這造成不少寫作者以驚人的速度進行創作。。但是我覺得所謂的「流行」、「時尚」均與講求深度和恆久品性的「經典」南轅北轍。我一直認為，一切優秀文學作品的特點是「光景常新」，人類史上那些偉大的心靈創作出來的經典文學作品具有恆久的價值，在世界各國一代代人們的心中經年不變，而成為人類永恆的精神財富。所以十九世紀的英國歷史學家托馬斯•卡萊爾曾做過一個假設：如果英國人在「印度帝國」和「莎士比亞」兩者中只能選取一樣的話，那麼英國人只好這樣決定：英國人不能沒有莎士比亞。

編輯：國務院新聞辦公室主任王晨近日在北京表示，目前中國對外文化交流和文化傳播嚴重「入超」，「文化赤字」很大，中國文化的對外影響力與中國的國際地位及經濟社會發展水平相比還有不小差距。您認為，當代中國對外文化交流中出現的問題與癥結在何處？您對此有什麼建議？

楚寒：我向來對這位領導啊那位政要啊這類人物的講話不太關心。相較而言，我更願意去傾聽民間獨立知識分子和活動人士的聲音和意見，那才是中國「真」的聲音。

關於中國對外文化交流的問題，我想起了胡適說的那番話：「我們必須承認我們自己百事不如人。人生的大病根在於不肯睜開眼睛來看世間的真實現狀。明明是男盜女娼的社會，我們偏說是聖賢禮儀之邦；明明是贓官污吏的政治，我們偏要歌功頌德；明明是不可救藥的大病，我們偏說一點病都沒有！卻不知道：若要病好，須先認有病；若要政治好，須先認現今的政治實在不好；若要改良社會，須先知道現今的社會實在是男盜女娼的社會。」

鑒於中國近些年來經由經濟上的崛起開始自我膨脹起來，急於要「輸出文化」，要「增強中國文化的對外影響力」，這時我們不妨回味一下胡適幾十年前說過的話。我們恐怕要先得承認自己的文化實在是「有病」，傳統文化的痼疾加上一九九〇年代以來消費主義、犬儒主義和民族主義對文化思想領域的大舉侵蝕，使得我們的文化實在是「病得不輕」。我們首要的任務是先得「治病」，讓人類優秀文明的陽光照耀到我們的身上，驅走我們文化的陰霾，比如尊重個體、維護個人自由和權利、多元的文化生態、鼓勵獨立思想的大學教育、寬容異己這些價值理念等等。

我覺得，在中國要進行對外文化交流和文化傳播之前，在渴求世界的認可之前，首先要在我們自己的內部進行真正的對話，要尊重我們自己的文學創作者、學者、藝術家和思想者們，保護我們社會的創造力和想像力，給它們創造一個自由的發揮領域，同時讓公民社會和非政府組織有成長的空間，不要動輒將異議的聲音吞噬掉，將異議者排擠掉。人類的二十一世紀都已快過去十分之一了，應當能夠去接受和容忍有不同見解和價值觀的人們了吧。

編輯：我們網站認為，網絡就是社會，互聯網是可以擔當起快速提升國民素質的重任的。它應該不僅僅是人們日常生活中情緒的宣泄、雞毛蒜皮的表達，而可以承擔道義、分享智慧、共同成長。然而當下中國的網站、BBS、博客專業化、職業化的太少，但是我們注意到在西方，網民更多是在表達政治訴求、職業經歷等內容，請問您怎樣看待中國互聯網文化的成長？您對我們網站的印象怎樣？有何期許？

楚寒：沒錯，網絡就是社會，網絡既是虛擬的社會，也是真實的社會。由於表達渠道的欠缺和不暢通，中國的互聯網與西方相比承擔了很大的彰顯民意的功能，許多民眾覺得互聯網能給自己提供情緒上的宣泄甚至憤怒，有了表達訴求的一個真實的有用的渠道。互聯網使得中國社會的言論度有了一定的拓展，使得中國社會的價值觀逐漸趨向多元，互聯網在推進中國的民主政治上已經並將繼續發揮作用。今後互聯網在中國社會步入開放、開明和進步的進程中扮演更重要的角色，則更是令人期待的事情。當然，我們也不能把所有的希望都寄托在互聯網上。

並且，互聯網帶來了寫作領域中前所未有的自由，使得作者與讀者能夠同步交流、彼此交換意見，不再有隔閡與距離感。由於讀者的視野變得更加寬闊，閱讀口味更加挑剔，這對專業寫作者則提出了更高的要求和挑戰。

我註冊貴網刊是因為受一位我所尊敬的學者的啟發，貴網刊我感覺偏重財經、商業和管理類的信息和交流，它也是一個公共討論的平臺，可以通過交流碰撞出思想火花，並培養公民的自我管理意識和民主素養，這樣的公共論壇無疑將成為中國公民社會呼之欲出的助燃器。我祝願貴網刊越辦越紅火。

訪談時間於二〇〇九年十一月二十五日

醸文學151　PG1112

黑夜中仰望星星

作　　者	楚　寒
責任編輯	林泰宏
圖文排版	楊家齊
封面設計	陳怡捷

出版策劃	醸出版
製作發行	秀威資訊科技股份有限公司 114 台北市內湖區瑞光路76巷65號1樓 電話：+886-2-2796-3638　傳真：+886-2-2796-1377 服務信箱：service@showwe.com.tw http://www.showwe.com.tw
郵政劃撥	19563868　戶名：秀威資訊科技股份有限公司
展售門市	國家書店【松江門市】 104 台北市中山區松江路209號1樓 電話：+886-2-2518-0207　傳真：+886-2-2518-0778
網路訂購	秀威網路書店：http://www.bodbooks.com.tw 國家網路書店：http://www.govbooks.com.tw
法律顧問	毛國樑　律師
總 經 銷	聯合發行股份有限公司 地址：231新北市新店區寶橋路235巷6弄6號4樓 電話：(02)2917-8022　傳真：(02)2915-6275

出版日期	2014年1月　BOD一版
定　　價	320元

Printed in Taiwan

國家圖書館出版品預行編目

黑夜中仰望星星 / 楚寒著. -- 一版. -- 臺北市 : 釀出版,
2014.01
面 ;　公分. -- (釀文學 ; PG1112)
BOD版
ISBN 978-986-5871-77-2(平裝)

855　　102025590

讀者回函卡

感謝您購買本書，為提升服務品質，請填妥以下資料，將讀者回函卡直接寄回或傳真本公司，收到您的寶貴意見後，我們會收藏記錄及檢討，謝謝！
如您需要了解本公司最新出版書目、購書優惠或企劃活動，歡迎您上網查詢或下載相關資料：http:// www.showwe.com.tw

您購買的書名：＿＿＿＿＿＿＿＿＿＿＿＿＿＿＿＿＿＿＿＿

出生日期：＿＿＿＿＿年＿＿＿＿＿月＿＿＿＿＿日

學歷：□高中（含）以下　□大專　□研究所（含）以上

職業：□製造業　□金融業　□資訊業　□軍警　□傳播業　□自由業
□服務業　□公務員　□教職　□學生　□家管　□其它＿＿＿

購書地點：□網路書店　□實體書店　□書展　□郵購　□贈閱　□其他

您從何得知本書的消息？

□網路書店　□實體書店　□網路搜尋　□電子報　□書訊　□雜誌
□傳播媒體　□親友推薦　□網站推薦　□部落格　□其他＿＿＿＿＿

您對本書的評價：（請填代號　1.非常滿意　2.滿意　3.尚可　4.再改進）

封面設計＿＿　版面編排＿＿　內容＿＿　文／譯筆＿＿　價格＿＿

讀完書後您覺得：

□很有收穫　□有收穫　□收穫不多　□沒收穫

對我們的建議：＿＿＿＿＿＿＿＿＿＿＿＿＿＿＿＿＿＿＿＿

＿＿＿＿＿＿＿＿＿＿＿＿＿＿＿＿＿＿＿＿＿＿＿＿＿＿＿＿

＿＿＿＿＿＿＿＿＿＿＿＿＿＿＿＿＿＿＿＿＿＿＿＿＿＿＿＿

＿＿＿＿＿＿＿＿＿＿＿＿＿＿＿＿＿＿＿＿＿＿＿＿＿＿＿＿

請貼
郵票

11466
台北市內湖區瑞光路 76 巷 65 號 1 樓
秀威資訊科技股份有限公司 收
BOD 數位出版事業部

(請沿線對折寄回，謝謝！)

姓　　名：________________　年齡：________　性別：□女　□男

郵遞區號：□□□□□

地　　址：____

聯絡電話：(日)________________　(夜)________________

E-mail：____